Jean Rouaud

Meine alten Geliebten

Roman

Aus dem Französischen
von Josef Winiger

Piper München Zürich

Von Jean Rouaud liegen im Piper Verlag
außerdem vor:
Die Felder der Ehre (Serie Piper 2016)
Hadrians Villa in unserem Garten (Serie Piper 2292)
Die ungefähre Welt (Serie Piper 2815)
Der Porzellanladen (Serie Piper 3446)
Der Steinzeitzirkus

Deutsche Erstausgabe
März 2002

Titel der französischen Originalausgabe:
»Sur la scène comme au ciel«

Satz: Satz für Satz. Barbara Reischmann, Leutkirch
Druck und Bindung: Clausen & Bosse, Leck
Printed in Germany ISBN 3-492-27031-x

www.piper.de

Sie wird diese Zeilen nicht lesen

Der Porzellanladen

I

Ein Gedankenspiel, nach unserem Wissensstand gar nicht so ausgefallen, oder einfach eine Ausnahme, wenn das genehmer ist, aber sie habe, obwohl darin das Gegenteil gesagt wird, das von ihr handelnde Buch gelesen, das ich gar nicht hätte schreiben können, als sie noch lebte, es kam mir auch gar nicht in den Sinn, denn so, wie wir diese zierliche kleine Frau kannten, war ausgemacht, daß sie die Hundert erreichen würde, ihre Mutter mit fünfundneunzig gestorben, die Großmutter ebenfalls, die Lebenserwartung in den letzten beiden Jahrzehnten um fünf Jahre gestiegen, wenn also die Medizin ein wenig nachhalf, mußte es möglich sein: fünfundneunzig Jahre vom Erbfundus der Familie plus fünf als Geschenk der Wissenschaft, die Rechnung ginge auf, unsere Mutter würde hundert, und ich, hundert weniger dreißig, wäre dann siebzig, was die Sache wiederum anders aussehen läßt, denn wie kann ich wissen, ob ich dann noch schreiben mag, mit siebzig habe ich vielleicht Lust auf andere Dinge, nicht unbedingt auf Weltenbummeln nach so viel Zeit des Harrens am Bildschirm, daß die Sätze erscheinen, denn man bleibt, wie man ist, so leicht ändert man seine Gewohnheiten nicht, mit wildem Campen und Yak-Butter fängt man besser frühzeitig an, hingegen Lust auf Stille, denn dieses ganze Getöse der Schriftstellerei, krachendes Packeis, nie in Ruhe, ist keineswegs das weite Eismeer, das man sich vorstellt, ja, Lust auf ganz große Stille, das kann sein. Was wäre außerdem ein siebzigjähriger Mann, der darauf wartete, über seine Mama zu schreiben, und zuschauen müßte, wie sie in die Fußstapfen von Jeanne Calment tritt, jener ururalten Frau, welche – dies als Hinweis für das Publikum des Jahres zweitausendeinhundert, dem vielleicht der Name nichts mehr sagt –, seinerzeit die Doyenne der Menschheit war, das heißt die Alterspräsidentin von sechs Milliarden, etwas absolut Einmaliges, was sonst niemand geltend machen konnte, weder einer der angeblich Mächtigen dieser Erde noch der Papst, noch der Präsident der USA, noch jener Popstar, der berühmter sein wollte als Jules Verne oder Jesus oder auch Maurice Chevalier. Das eigentlich Erstaunliche war aber nicht, daß sie dank ihres fabelhaften Langlebigkeitsrekords als kleines Mädchen in Arles noch Vincent van Gogh bewirten durfte, der als Maler sehr verehrt wurde, freilich noch nicht zur Zeit von Jeannes Kindheit, denn da war er ein völlig unbekannter Holländer, etwas wirr im Kopf, sondern als sie schon hundertzwanzig war und die Bilder dieses Vincent sehr teuer gehandelt wurden, das eigentlich Erstaunliche war, daß sie tat, als ginge es ihr nur um den Schein, als nehme sie alles als Spiel. Aber es ist ein wenig so, als fände sich unter den Zeitzeugen des Jahres zweitausendeinhundert eine Nachahmerin unserer Menschheitsältesten, die behaupten wollte, sie könne sich ganz genau erinnern, wie sie beim Verfasser dieses Textes ein Mickymaus-Heft erworben habe, als dieser in einem Kiosk im 19. Pariser Stadtbezirk, rue de Flandre Nummer 101, noch Zeitungen verkaufte. Ich erinnere mich tatsächlich an die Kleine, es stimmt, was sie sagt, sie muß bloß zusehen, daß sie bis dahin durchhält, und sie darf auch ihr Mickymaus-Heft nicht wegwerfen, sie wird es als Beweis vorlegen müssen. Man stelle sich also diesen siebzigjährigen Schriftsteller vor, der seine hundertjährige Mutter beobachtet und immer noch nicht sagen mag, was ihr Leben ausmachte, obwohl es doch der Selbsterkenntnis zugute käme, denn durch nichts erfährt man mehr über sich selbst, als wenn alle Karten offen auf dem Tisch liegen und geklärt ist, woher man stammt, aus wem man hervorgegangen ist, in was für einer verqueren Geschichte man seine Wurzeln hat, dann erzählt man sich nämlich keine Geschichten mehr, und dieser siebzigjährige Schriftsteller stünde da wie der Notar von Jeanne Calment, welcher der Dame das Haus auf Leibrentenbasis abgekauft hatte, als sie vielleicht neunzig war und jeder Statistiker, Demograph oder Gerontologe das Risiko als gering eingeschätzt, sogar gemeint hätte: gutes

Geschäft, und man versteht, daß ein Notar, der so nahe an der Quelle sitzt, sich dieses Geschäft des Jahrhunderts nicht entgehen läßt. Doch es ist ein Jahrhundert mit Überlänge, und das vermiest dem Geschäftsmann das Geschäft, denn dreißig Jahre später ist der Notar weg, und Jeanne, die immer noch die Geschichte von der Begegnung mit dem farbwütigen Holländer erzählt, macht es wie die nicht totzukriegende Ente von Robert Lamoureux. Also kein Roman über Mama für den Schriftsteller, dessen Herz irgendwann versagt hat, weil es beim forschen Tempo, das die über hundertjährige und stets rüstige Mutter vorgab, nicht mithalten konnte.

Was erzählt er da? Worauf will er hinaus? Und was soll hier Jeanne Calment? Als hätte ich sie je beneidet, so etwas wäre mir nie eingefallen, selbst wenn die vierundsiebzig Jahre minus zehn Tage nicht das waren, was ich mir erhoffen durfte. Mit diesem Alter liege ich, was die Lebenserwartung angeht, weit unter dem weiblichen Landesdurchschnitt, in Amerika könnte ich prozessieren und für jedes fehlende Jahr ein paar Millionen Dollar einklagen, aber das ist nicht meine Art, und außerdem hat mich das Sterben von dem Anblick erlöst, den ich bot und der so schlimm war, daß ich gegen das Ende hin alle Besuche untersagte, nur die Kinder durften noch kommen. Keine Lust mehr, mich als gerupftes Hühnchen zu präsentieren, dem man die letzten Federchen über der Gasflamme wegbrennt. Bei der Rekordhalterin über die meisten Lebenstage auf Erden war es ja so, daß man ihr keine Ruhe mehr gönnte, nachdem man sie in ihrem Altenheim aufgestöbert hatte. An jedem Geburtstag war es dasselbe, ein Journalist geriet ins Schwärmen, erkundigte sich nach Vincent, fragte, wie es denn gesundheitlich stehe, nicht bei Vincent, sondern bei Jeanne, der man ja ansah, daß man besser nicht zu ihr sagte: Immer noch gut auf den Beinen für ihr Alter, obwohl sie angeblich noch Witze machte, von der Art, wie sie Humoristen für Ronald Reagan verfertigten, als dieser nach dem Attentat im Krankenhaus lag und auf die Frage, wie es ihm gehe, antwortete: *Besser als in Philadelphia*, woraus man schloß, daß Philadelphia für die Amerikaner das sein muß, was für die Franzosen das Quimper-Corentin in La Fontaines Fabel ist. Und Jeanne die Unverwüstliche, die verhutzelt in ihrem großen Sessel saß, den lieben langen Tag vor sich hin träumte und fertige Antworten ausbrütete, klar, daß die, als der Journalist sich mit den Worten verabschiedete: Vielleicht bis nächstes Jahr, schlagfertig versetzen konnte: Warum, geht es Ihnen gesundheitlich nicht gut? aber diese Leute vom Radio und vom Fernsehen brüllten immer lauter ins Mikrophon, und am Ende hätte man sich besser der Zeichensprache bedient, theoretisch zumindest, denn nun sah sie auch nichts mehr, aber stellen mußte man die Frage trotzdem: Was denn das Geheimnis ihrer unglaublichen Vitalität sei, was sie gemacht habe, um so alt zu werden und, ja, so könne man doch wohl sagen, immer noch so gut beieinander zu sein? als hätte sie es sich selbst oder dem Gläschen Porto oder Madeira zuzuschreiben, das sie angeblich jeden Abend zur selben Zeit trank, und der täglichen Zigarette, bis sie hundertfünfzehn war, wonach irgendein Witzbold sie wohl überzeugen konnte, daß sie damit ihre Gesundheit gefährde. Dabei waren es das Gläschen und die Zigarette, die man den Todeskandidaten zugesteht, denn wie viele Jahre hat diese Calment auf dem Gang zum Tod zugebracht, hat gewartet und gewartet, und jetzt noch ein Schlückchen auf den Weg, doch der Weg will kein Ende nehmen. Ich versetze mich an ihre Stelle, das heißt in ihren Lehnstuhl im Altenheim vor dem Fenster mit Blick auf die dreihundertjährigen Zedern im Park, mit diesen Desinfektionsmittel- und Essensgerüchen in allen Stockwerken, dieser Gleichförmigkeit des Tagesablaufs, nicht Tag und nicht Nacht, eine Weile wach, dann wieder wegdämmern, und die Pflegerinnen loben einen, wenn man sein Püree mit Schinken aufgegessen hat, sprechen einen in der dritten Person an, was nicht eben höflich ist, sondern eher die Art, wie man mit unbeseelten Objekten redet: Prima, hat brav alles aufgegessen, beim Pflaumenkompott neulich hat sie zwar nicht mehr gekonnt, aber heute abend gibt es Karamelcreme, und die mag sie doch, nicht? dabei schmeckt man überhaupt nichts mehr, ohne Geschmacksknospen keine Geschmacksempfindung, ich kenne das, hab's am eigenen Leib erfahren, was einem da in die Adern gejagt wird an Zellkillern, ganze Killerkommandos, die alles niedermachen auf ihrem Weg, einem die Zunge mit schmerzhaften Bläschen vollpflastern und die Speiseröhre verätzen, und wenn du dich beim großen Professor beklagst, du könntest kaum mehr schlucken und der Appetit sei auch weg, dann tätschelt er sich die Wampe und antwortet, das Problem möchte er haben, das sei doch eine Chance, nutzen Sie sie, essen Sie nur, worauf Sie Lust haben, ach, wissen Sie, Herr Doktor, dieses Morphium habe ich manchmal dermaßen über, ach so, das habe er gar nicht gemeint, er habe an Gänseleberpastete gedacht, oder an kandierte Früchte, zerlassene Butter.

Es ist einfach geschehen, ohne mein Zutun und Wissen, oder vielmehr, ich sah schon, daß etwas geschah, doch ich verstand den Grund, die drängende Notwendigkeit nicht, aber da war auch etwas, etwas anderes, was mir im selben Augenblick sagte, es sei sicher kein Zufall, wenn sich dieses Bild ganz plötzlich aufdränge, weshalb ich es geschehen ließ, es schreiben ließ, mit der Bewegung mitging. Unter passionierten Literaturtheoretikern war es ehedem eine große Streitfrage, und vielleicht gibt es immer noch Leute, für die es einen großen Unterschied macht, ob sich jemand von vornherein dazu bekennt, Literatur produzieren zu wollen, oder ob er es eher mit Molières Monsieur Jourdain hält und den Leser darüber befinden läßt, ob es welche sei oder nicht, was einem ein bißchen vorkommt wie die Neuauflage jenes älteren Streits über die Intentionalität: auf der einen Seite die Verfechter einer klaren und bewußten Intention beim Autor, was der Text sagt, war vom Autor gewollt, gedacht und genau überlegt – was gleichwohl nicht heißen muß, daß man sich für Gott hält, welcher in der Genesis übrigens viel weniger entschieden ist, er vermittelt eher den Eindruck einer großen Improvisation, einer tastenden Annäherung, bei der man am Ende nur behält, was für gut befunden wird: doch, sieht nicht schlecht aus, aber garantieren kann man für nichts, was sich später bestätigt, und hätte er so etwas wie den Papierkorb des Computers gehabt, könnte man darin sämtliche Anläufe und Entwürfe, den ganzen Ausschuß dieser höchst spannenden Woche entdecken –, auf der anderen Seite jene, die den Autor als störend, ungebührlich und verfehlt betrachten und ihn unbedingt loswerden wollen, indem sie achtundsechzig in einer literarischen Note sogar per Todesanzeige offiziell sein Ende bekanntgeben, hocherfreut und tiefbetrübt setzen wir Sie vom

Tod des Autors in Kenntnis, und nach dieser Großtat wissen lassen, der Text spreche für sich, und der notorische Träumer, der ihn angeblich verfaßt und in unrechtmäßiger Weise mit seinem Namen versehen hat, solle gefälligst schweigen, seine Meinung sei ohnehin nicht gefragt.

Schade, denn genau anhand dieses Bildes, das sich urplötzlich aufdrängte, könnte ich von einer verborgenen Intention berichten, das heißt, dieser Text, den geschrieben zu haben du aufrichtig vermeinst, hütete mehrere Monate lang untergründig sein Geheimnis, bevor er sich in lichtvoller Klarheit enthüllte, als hätte er dir eine Inkubationsfrist gewähren wollen, um dich auf die Gewalt des Offenbarwerdens vorzubereiten. Obwohl er von Anfang an kein Geheimnis war: *Sie wird diese Zeilen nicht lesen*, wie sollte sie auch, denn sie, das ist meine Mutter, die vor sechs Monaten gestorben ist, die Intention ist also glasklar, der Autor, der angebliche natürlich, beabsichtigt, was kein Novum ist, ein Buch über seine Mutter zu schreiben, welche, da sie nicht mehr ist, zu ihren Lebzeiten zwar seine früheren Bücher gelesen hat, das von ihr handelnde hingegen nicht mehr lesen wird. Was die Perspektive tatsächlich verändert. Man muß bedenken, daß er, der Autor, zuvor nicht gern etwas geschrieben hätte, was sie nicht gern gelesen, was sie als ärgerlich, abschätzig oder unziemlich empfunden hätte, weshalb die Lektüre des fertigen Werks durch die Mutter nicht ohne Einfluß auf das Schreiben der Romane war. Es war nicht eigentlich Zensur, wohl aber eine Art auf Distanz ausgeübte Aufsicht, die zu Umwegen zwang, zu windungsreichen Umschreibungen, zu Schatten- und Negativbildern, zu rhetorischen Figuren und Periphrasen, wobei es dem wissenden Leser überlassen blieb, das zwischen den Zeilen Stehende zu entziffern.

So war das also wohl gemeint, als er ankündigte, er wolle mich wieder zu Wort kommen lassen. Es wäre die Gelegenheit, ein ernstes Wörtchen mit ihm zu reden. Ich will ja gern glauben, daß sein Vorschlag gut gemeint ist, aber würde er mir dieses Recht auf Erwiderung zugestehen, wenn er nicht im Zweifel wäre, ob ich diesem Buch über mich zu Lebzeiten meine vorbehaltlose Billigung erteilt hätte? Die Antwort ist ja offensichtlich, deswegen dieser zwar falsche, aber gleichwohl entstehende Eindruck, daß er mit dem Schreiben gewartet hat, bis ich gegangen war. Daß er also Skrupel hatte, mich ungefragt verwertet und mein erzwungenes Schweigen ausgenutzt zu haben, und weil er fürchtete, er habe den Bogen überspannt, bot er mir an, ich könne die Dinge wieder ins rechte Lot bringen und den Sachverhalt aus meiner Sicht darstellen, wobei er wahrscheinlich davon ausging, ich würde meine Kommentare im halb ärgerlichen, halb beleidigten Ton abgeben, den er mir zuschreibt, und sich schon ausmalte, wie ich, sagen wir der Einfachheit halber im Himmel, bestürzt den letzten Passus des Buches lese, der, wie erinnerlich, *Aha, ich lache. Ich sehe mich und lache* lautet, und ihn blitzartig, die Fäuste in die Hüften gestemmt, wie eine beleidigte Furie anfauche: Für mich gibt es da überhaupt nichts zu lachen, worauf ich zum unmißverständlichen Zeichen meiner Mißbilligung und entschiedenen Distanzierung vom gezeichneten Porträt das Opus durch die Wolken hinabschleudern würde. Er versprach sich davon wohl eine gewisse Komik. Aber er hat gemerkt, daß da etwas nicht stimmte, daß es nicht wirklichkeitsgetreu war, nicht mich zeigte, daß er zu weit gegangen war und nun feststellen mußte, daß ich dort nicht war, daß er übers Ziel hinausgeschossen und auf der falschen Seite gelandet war, auf der Seite der bitteren Gefühle, Empfindlichkeiten, Hintergedanken und aufgewärmten alten Geschichten, statt auf der richtigen Seite, der Seite der Liebe, von der ich, was die Kinder betrifft, nie auch nur einen Zollbreit abgewichen bin. Warum mich anderswo suchen? Im Leben wie im Tod. Meine Verdrießlichkeit war immer vorübergehend, dauerte nie länger als die Zeit zwischen einem Schulterzucken und dem Moment, wo ich mich darauf eingestellt hatte, daß ihr Leben eine andere Richtung nahm, seines vor allem. Was so selbstverständlich auch wieder nicht war. Man muß bedenken, daß ich nicht aus einer Zeit und einem Milieu stamme, da man von heute auf morgen ein anderes Leben anfing. Aber was immer ihre Entscheidung war, ich habe mitgemacht, manchmal mit ein wenig Verspätung. Für eine postume Abrechnung besteht kein Anlaß. Ich hatte nie die Angewohnheit, meine Kinder schlechtzumachen, kann sein, daß ich dieses oder jenes an ihnen auszusetzen hatte, aber vor den Leuten habe ich genau andersherum geredet und sie in Schutz genommen und gesagt, ich hätte Vertrauen in sie, und dieses Vertrauen sei durch absolut nichts zu erschüttern. Was manchmal ein Drahtseilakt war, man denke nur an das Beispiel, das er selbst erwähnte und auf das ich ihn hingewiesen habe, natürlich erst nachdem er aus dem Tief heraus war, bis dahin hatte ich es ja für mich behalten, weil ich ihm nicht zu nahe treten oder weh tun wollte, ein Beispiel aus der Zeit, als die Leute, die ihn kannten, meinten, er habe sein Talent überschätzt und sich einen Mißerfolg eingehandelt, er sei gescheitert, das heißt auch im Leben gescheitert, was gravierend ist, denn ein Scheitern läßt sich nicht rückgängig machen, man kann nicht einfach um zwanzig oder dreißig Jahre zurückspringen und wieder neu anfangen wie bei ihrem Lieblingskartenspiel, bei dem ich sie immer jubeln hörte: Bube sticht, Dame sticht, König, ich-fange-neu-an-wo-ich-will, und drüben im Laden diese Bemerkungen: Was macht Ihr Sohn so? Aber statt betreten dreinzuschauen, genoß ich es ja, diesen Leuten den Mund zu stopfen, die mich wahrscheinlich gern verzweifelt erlebt hätten über die mehr als ungewisse Situation, und ihnen zu antworten: Er führt sein eigenes Leben, was mir im Grunde lieber war als die abgesicherte Existenz dieser Leute, die es für eine Leistung halten, aufgrund irgendwelcher Beförderungsvorschriften aufgestiegen zu sein, und sich furchtbar wichtig vorkommen, mich aber nie beeindrucken konnten. Weil ich auf den äußeren Schein nichts gab, durfte ich mich zu den Unangepaßten rechnen und eine Art geistiger Unabhängigkeit beanspruchen, durch die ich mich vom Gewöhnlichen abhob. Irgendwie überdeckte mein geregeltes Leben das fröhlichste Durcheinander. Dieser exzentrische Großvater war ja nicht umsonst mein Vater, und wen hat sich dieser verwegene große Joseph mit den manchmal skurrilen Einfällen als Frau ausgesucht? Und dieser Sohn, der nichts so machen wollte wie alle anderen, wen hat er als Mutter? Die Phantasie kann auch im verborgenen blühen, bei dem, der nicht auffallen und vor allem nicht im Mittelpunkt oder im Rampenlicht stehen mag, diese heimliche Versponnenheit braucht kein Publikum, sie ist eine bescheidene Kunst, die zum Beispiel dazu führt, daß auf Gruppenphotos von mir meistens nur eine hervorspitzende Handtasche zu sehen ist oder eine silbergraue Locke, da kam mir meine Statur ausnahmsweise einmal zustatten, weil ich mich hinter den Größeren verstecken konnte. Man mag mir das als eine Form von Eitelkeit auslegen, als Schielen auf die anderen, die einen nicht so sehen könnten, wie man gesehen werden möchte, aber es ist ganz einfach eine tiefere Wesensart, der Unabhängigkeit über alles geht, selbst wenn man dann Berge von Kartons allein schleppen darf. Diese Zurückhaltung war nun mal meine Lebenslinie. Ich bin auch dann nicht davon abgewichen, als man anfing, sich für uns zu interessieren: Sparen Sie sich die Mühe, ich werde Ihre Fragen nicht beantworten.

Wem zuliebe also sollte ich mich jetzt auf diese Kommentiererei einlassen? Zumal er tun kann, was er will, er wird nie wirklich mich zum Sprechen bringen. Was auch immer er als meine Version ausgeben mag, es wird immer die seine sein, und meine Wahrheit seine Wahrheit. Ich zweifle nicht an seinem Bemühen, die mir geliehene Stimme so genau wie möglich das sagen zu lassen, was ich seiner Vorstellung nach tatsächlich sagen würde, aber wenn diesem Faksimile das drohte, was die Hersteller von Luxusartikeln bei Markenpiraterie mit Nachahmungen machen, dann würde diese Stimme, sie mag noch so nah ans Original herankommen, zusammen mit den Uhren-Falsifikaten unter der Stahltrommel einer Straßenwalze landen. Sein Vorhaben stößt außerdem auf Kommunikationsprobleme. Was denkt er sich denn, wie ich mich von hier aus äußern soll? Auf welchem Wege? Übers Tischerücken? Das beweist doch, daß alles, was in meinem Namen gesagt wird, nicht gegen mich verwendet werden kann, denn es ist immer er, der spricht. Hier ist es dunkel, da kann man nicht hellsehen wollen.

Er weiß doch selbst, daß er mich immer verfehlt, wenn er übertreibt. Und das ist nicht nur bei mir so. Er verrennt sich immer, wenn er übertreibt. Er muß dann zurück, bis er wieder einen sicheren Anhaltspunkt hat. Wie ein kleiner Däumling, der sich die Wege seiner Erinnerung markiert. Gesucht, gefunden. Vielleicht bin am Ende doch ich es, die durch ihn spricht. Dieses gemeinsame Fleisch und Blut, diese verflochtenen Erinnerungen, die einer vom anderen übernimmt, diese Stimmen wie Knäuel von ineinander verschlungenen Fäden, am Ende weiß man wirklich nicht mehr, wer für wen spricht.

Aber was soll's, ist ja nicht ohne Grund so.

In den ersten Büchern hat sie sich also mit einer stummen Statistenrolle begnügt, doch nun, da sie nicht mehr ist, wurde es möglich, von ihr zu berichten, von den markanten Ereignissen, die dieses stille Wasser aufwühlten, nachdem in ihrem Lebenslauf eine radikale Veränderung eingetreten war. Meist ist es ein Bruch: Als sie heiratet und scheinbar ohne Bedauern Familie und Heimat aufgibt, dann als sie ihren Mann verliert und einer

Kundin anvertraut, sie glaube nicht, daß sie ihn auch nur um ein Jahr überleben werde, und schließlich ein Wandel, der sich nicht schlagartig, sondern eher allmählich vollzieht, für uns aber deutlich ablesbar am Vorher und Nachher, als sie nämlich aus zehn Jahren Trauer herausfindet und sich voll und ganz ihrem Laden widmet. Du gruppierst das alles um einige Bilder herum: das Bild des Bombenhagels über Nantes, dem sie nur dank ihres Cousins Pierre – nicht Freddy, wie zuvor behauptet – lebend entkommt, das Bild des Tages nach Weihnachten, an dem ihr Mann ganz plötzlich stirbt und sie mit den Fäusten gegen die Wand hämmert, um ihren Cousin Emile zu Hilfe zu rufen, schließlich das jenes Abends, an dem sie von einer Totenwache nach Hause kommt und sich nicht mehr halten kann vor Lachen, weil sie auf einmal Oliver Hardy anstelle des dickbäuchigen ehemaligen Gemeindesekretärs auf dem Totenbett gesehen hat, was als Episode die Rückkehr ins Leben symbolisiert, du hast also drei Bilder der Zerstörung mit dem Keim des Neubeginns versammelt und legst los. Besser gesagt, du legst ab, denn es ist, etwa so wie bei der Entdeckung Amerikas, ein Aufbrechen auf gut Glück, wenn auch nicht aufs Geratewohl, das war es auch bei Christoph Kolumbus nicht, der allem nachgegangen war, was in den Häfen erzählt wurde über die Wikinger, die baskischen Fischer, die bereits die Neufundlandbänke, und die Seefahrer aus Dieppe, die die brasilianische Küste erreicht hatten, aber es blieb ein ganzer Atlantik zu überqueren, und wie sich das darstellen würde, wußte man nicht so recht. Und prompt, keine drei Zeilen nach dem Anfang, wo es heißt, sie werde diese Zeilen nicht lesen, läuft schon nichts mehr, wie es soll. Das heißt, nicht mehr nach Plan. Irgend etwas, die Herrschaft über das Geschehen, entgleitet dir. Denn was sollen diese Tollwütigen hier? Es sind nicht die *enragés* der Französischen Revolution, jene revolutionären Hébertisten, die am 9. Thermidor beziehungsweise am Tag darauf enthauptet wurden, sondern die Tollwütigen im eigentlichen Sinne, jene Menschen, die an Tollwut erkrankten, nachdem sie von einem Hund oder Fuchs gebissen wurden. Und zwar bevor Pasteur den Impfstoff entdeckt hatte und ihn, was nach der Annexion von Elsaß-Lothringen durch Deutschland sehr gelegen kam, an einem jungen Elsässer erprobte, einem Joseph Meister oder so, müßte nachschlagen, dank der Wachsamkeit unseres Monsieur Louis wurde jedenfalls die Tollwut an der Ostgrenze aufgehalten, ein Glück, doch hier geht es um die Zeit davor, als den Menschen, die an Tollwut erkrankt waren, auch kein Heiliger im Himmel mehr helfen konnte, denn bei diesen Schmerzen waren die alle machtlos, weshalb man angesichts der brüllenden, zuckenden, schäumenden Leiber schon heftig versucht war, die Qual abzukürzen, indem man den Todgeweihten ein Kissen aufs Gesicht drückte. Was historisch belegt ist, aber hier, was sollen diese

Tollwütigen aus einer völlig anderen Zeit in diesem Buch über meine sechs Monate zuvor an Leukämie gestorbene Mutter?

Eigentlich hatte ich es ja erwartet. Ich will also nicht behaupten, dieses Buch habe mich unvorbereitet getroffen, er ist übrigens Zeuge, ich hatte es zu Monsieur Morain gesagt, nein, nicht zu dem aus dem Dorf, sondern einem Bruder von ihm, der vor über dreißig Jahren weggezogen ist, hier aber jeden Sommer ein paar Tage Urlaub macht, mit seiner Frau, die was weiß ich woher, jedenfalls nicht von hier ist. Nette Leute, die regelmäßig in den Laden kamen, bevor sie wieder heimfuhren, und ein paar Sachen kauften, sie seien ja so erstaunt, sagten sie immer, was man hier alles bekomme, das finde man sonst nirgends, in Lyon schon gar nicht. Aber das wundert mich nicht. Es gilt auch für Nantes. Viele haben das zu mir gesagt. Ich habe immer geantwortet, die in der Stadt können es eben nicht besser. Denen sind andere Dinge wichtig. Wir hier, wir müssen auf die Kunden eingehen, ihre Bedürfnisse ahnen, wir dürfen sie nicht vor den Kopf stoßen oder beschwatzen, wir müssen ihr Vertrauen gewinnen und, am allerwichtigsten, ihre Verhältnisse kennen, die sind nämlich im allgemeinen bescheiden. Also muß ich meine Einkäufe danach ausrichten. Ein Haushaltswarengeschäft mit

Schwerpunkt Geschenke und Hochzeits-Wunschlisten ist nicht dazu da, sich die eigene Aussteuer oder Küchenausstattung zusammenzustellen. Übrigens, wenn man lange Zeit die Ware nicht nach dem eigenen Geschmack, sondern nach dem der Kunden ausgesucht hat, weiß man selbst nicht mehr, ob man etwas mag oder nicht, man hat keine eigene Meinung mehr, solche Suppenschüsseln aus Keramik zum Beispiel, dekoriert mit Meeresfrüchten oder Gartengemüse in Reliefdarstellung, findet man schließlich gar nicht mehr so übel. Ich hätte bestimmt den eigenen Tisch nicht mit all dem Zeug verzieren wollen, das ich verkauft habe, aber zu schämen brauchte ich mich nicht, ich habe ja nie jemandem etwas aufgedrängt, schon allein deswegen, weil ich es selbst nicht ausstehen konnte, wenn mir eine Verkäuferin einen drei Nummern zu großen Schuh andrehen wollte und mit dem Finger auf die Spitze draufdrückte, um mir weiszumachen, er passe mir wie angegossen. Mich brauchen Sie nicht zu belehren, Mademoiselle, ob mir die Größe fünfunddreißig paßt oder nicht, weiß ich selber. Aber Monsieur Morain, besser gesagt seine Frau, eine reizende Person, Krankenschwester, zurückhaltend, mit gutem Geschmack, die ehrlich bedauert, in Lyon keinen solchen Laden aufsuchen zu können, ich müsse ja glücklich sein, stolz, ein solcher Erfolg, ja ja, natürlich, alle Vertreter sagen es, einzigartig in der Gegend, aber viel Arbeit, nur gut, daß ich allein bin, keine Angestellten, und daß ich auf Hochzeits-Wunschlisten zählen kann, nein, so winzig, wollten Sie sagen? der Laden? natürlich, ich habe ihn von meinem Mann geerbt, wie er von seinen Eltern, aber das war kein Vergleich zu dem, was Sie jetzt sehen, nein, Ihr Sohn, hat man da nicht irgendwie gespürt, daß, ob ich nicht geahnt hätte, daß er eines Tages. Anfangs habe ich mich ganz klein gemacht und gesagt, es sei wirklich verdient, hart erarbeitet, und es habe ja lange gedauert, aber ich habe immer an ihn geglaubt, was stimmt, weil er sich eigentlich nie etwas vorgemacht hat, zum Beispiel, als er im Examen stand, die Noten kamen und waren so gut oder so schlecht, wie er es ungefähr vorausgesagt hatte, und in letzter Zeit wirkte er eher zuversichtlich, was darauf hindeutete, daß, aber beim hundertstenmal mochte ich nicht mehr: ja ja, sehr stolz, freue mich sehr, was darf's heute sein? Aber da hakte der Mann nach: Wie kommt es, daß man in seinen Büchern die ganze Familie kennenlernt, Joseph, Tante Marie, Emile, einfach alle, außer. Ja, ja, das haben auch schon andere festgestellt, aber da habe ich bloß geantwortet, ich habe nicht das Gefühl, daß mir etwas entgeht, wenn ich abwarte, und irgendwann, da sei ich sicher, da käme ich auch dran, da werde er ein Buch über mich schreiben. Aber ich war mir nicht sicher, ob ich mich darauf freuen sollte, ob ich es überhaupt erleben wollte. Vielleicht schon, doch. Ist ja nicht egal, was über einen geschrieben wird.

Ich weiß schließlich am besten, was mein Leben war. Überhaupt, was weiß er denn?

Versetzen Sie sich in meine Lage. Sie bekommen ein Buch, das, was schon ungewöhnlich genug ist, von einem Ihrer Kinder geschrieben ist, und wovon handelt es? Von Ihnen. Von all dem, was Ihr Leben war. Sie lesen Seite um Seite, und alles kommt dran, die Familie, die Schwestern, die Eltern, die Großeltern, die Onkel und Tanten, die schmutzige Wäsche, alles wird ausgebreitet. Jetzt brauchte jemand nur noch diesen angeblichen Roman zu lesen, und wir waren aller Geheimnisse beraubt, man fühlte sich, um Ihnen eine Vorstellung zu geben, wie in diesen Alpträumen, wo man splitternackt mitten in einer Menge steht und außer seinen Armen nichts hat, um seine Blöße zu bedecken. Daß er die Ortsnamen verballhornte, Random schrieb statt Campbon und Riancé statt Riaillé, änderte auch nicht viel. Auf so etwas fiel niemand herein. Wenn ich gefragt wurde, ob ich nicht mit dem oder jenem verwandt sei, hatte ich das Gefühl, plötzlich durchsichtig zu sein, als könne der andere in mir lesen wie in einem aufgeschlagenen Buch. Ich möchte ja nicht als Spielverderberin dastehen, aber vor allem aus meiner Sicht muß ich sagen, daß ich das Vorgehen etwas, sagen wir, schroff fand. Er hätte auch ein Wort darüber verlieren und mich vorbereiten können, bevor er so etwas anfing. Ich hätte ihm nicht direkt Ratschläge erteilt, aber ich hätte ihm zu bedenken gegeben, daß man nicht alles, was wahr ist, auch sagen soll, daß es zum Beispiel peinlich ist, wenn er erzählt, sein Großvater, also mein Vater, habe einen Abstecher ins FKK-Paradies Ile du Levant gemacht, was vielleicht gerade einmal vorgekommen ist, sofern die Sache nicht überhaupt eine Erfindung meiner Schwester Dédette ist, die bisweilen ein loses Mundwerk hatte.

Das erklärt, daß ich mir, als das Buch herauskam, nichts anmerken ließ und tat, als wäre nichts geschehen und als wüßte ich von nichts. Das Ereignis konnte ja auch mehr oder weniger unbemerkt bleiben, meines Wissens ist das beim ersten Roman nicht ungewöhnlich, eher die Regel. Warum sollte es bei ihm anders sein, selbst wenn er meinte, alles anders machen zu müssen als der Rest der Welt? Ich brauchte also nur eine Weile den Kopf einzuziehen, dreihundert Exemplare später würde sich das Problem von selbst erledigt haben, und Schwamm darüber. Alles wäre wieder wie vorher. Bis Monsieur Joël, der Leiter der örtlichen Bankfiliale, die Ladentür aufstößt. Er tritt zur Seite und läßt eine Kundin vor, die nach ihm gekommen ist, als müßte er noch überlegen, nein, nein, ich schaue mich bloß um, ich weiß noch nicht, aber an der zusammengerollten Zeitschrift in seiner Hand bemerke ich sofort, daß was im Busch ist. Als wir allein sind, öffnet er das Heft und zeigt auf einen Artikel mit Photo: Sagen Sie, Madame, ist das nicht Jeannot?

Sie wird diese Zeilen nicht lesen, die schattenhafte kleine Gestalt, von der man erstaunt vermerkte, daß sie durch drei Bücher gehen konnte und von sich selbst nichts erzählen – oder fast nichts, stumme Statistin, zum Schweigen verurteilt durch das jähe Wegsterben des Mannes und einen so rasenden Schmerz, daß sie glaubte, er werde über sie und ihr Leben obsiegen, ein Schmerz, der den Atem raubte, der so gründlich die Luft abschnitt wie das Kopfkissen, das man einst den Tollwütigen aufs Gesicht drückte, was selbst die Kirche hinnahm, die sonst übergenau ist, wenn es darum geht, daß nicht Gott über Leben oder Tod eines Menschen entscheiden soll, doch die Gebissenen litten so grauenhaft, daß Gottes Wort seine Prinzipien etwas zu dämpfen und Sein Auge eine Weile wegzuschauen ersucht war, bis der brüllende und schäumende Todgeweihte unter dieser Daunenglocke den Frieden tiefsten Schlafes gefunden hatte. Der endgültig war, weil man vergeblich auf ein Zeichen des Mitleids gewartet hatte und man meinte, ein solches Zeichen hätte in diesem besonderen Fall der Barmherzigkeit entsprochen.

Im Augenblick wäre ich völlig überfragt gewesen, hätte ich angeben sollen, wie diese Tollwütigen hierher geraten sind und was sie ausgerechnet hier zu tun haben. Aber hier ist es eben anders als in der Mathematik, wo jedes Element Teil einer einwandfreien Demonstration ist. Hier, in der Literatur, ist man nicht verpflichtet, andauernd Begründungen zu liefern. Das Unscharfe, Ungenaue, Ausgefallene ist hier geduldet. Und warum? Dem, der Anstoß daran nimmt, weil er sich von dieser poetischen Posse genarrt fühlt, braucht man nur zu antworten: darum! Und der lästige Frager, nicht klüger als zuvor, geht seiner Wege, er ist an solche Antworten so gewöhnt, daß er kaum protestiert, sondern nur vor sich hin brummelt, wenn man nicht wisse, was man schreibe, solle man es lieber sein lassen und nicht andere damit belästigen. Es ist der achtzigjährige Claudel, der, massig und beladen mit tausend Gedichten von jenem meergleichen Geist: derselbe Irrsinnsschmerz, in einem Zuschauersessel sitzt und die Probe zu einem seiner frühen Stücke, *Die Stadt* oder *Goldhaupt*, verfolgt und den Jean Vilar, sich ehrfurchtsvoll der gerade noch lebenden Legende nähernd und mit dem Finger unter einem unklaren Satz entlangfahrend, nach tausend rhetorischen Verbeugungen und Verrenkungen zu fragen wagt: Meister, könnten Sie uns diese eine Textstelle erläutern – und der alte Botschafter schaut auf das Buch, auf den Regisseur, wieder auf das Buch, kramt angestrengt im Gedächtnis nach frühen Erinnerungen, findet nichts, macht dieses ratlose Gesicht mit der plötzlich nach vorn schießenden Unterlippe, das besagt, daß er keinen Schimmer habe, und murmelt etwas wie: nun ja, weshalb man über die Tollwütigen nur eines sagen konnte, nämlich daß sie das Zusammenstreichen überstanden haben, denn das Schreiben ist ein Beruf, bei dem viel Abfall entsteht, wo ständig weggeworfen wird, wenn sie also immer noch da sind, müssen sie ihren geheimen Grund gehabt haben, folglich müßte man da eigentlich mit etwas mitspielen. Womit? Das würde man später sehen. Dabei war alles schon gelaufen. Wie meistens, hat man alles direkt vor den Augen. Und was hat man vor den Augen? Einen Körper im Todeskampf.

Daß man nichts sieht, ist aber die Regel. Man läßt den Text vor sich hergehen wie einen Esel, den man den Weg durch die Macchia suchen läßt. Er bewegt sich auf verschlungenen Pfaden, manchmal hart am Abgrund, doch man muß ihm vertrauen. Er scheint ja wirklich nicht ziellos herumzuirren, sondern zu wissen, wo es langgeht, als würde ihn ein sechster Sinn wie ein Kompaß leiten. Dieser sechste Sinn des Textes war es, der mich beispielsweise in die Schützengräben des Ersten Weltkrieges geführt hat, obwohl ich beim Schreiben einer Kindheitserzählung dort scheinbar nichts zu suchen hatte. Aber damals habe ich mich nicht gesträubt, als tapferer kleiner Soldat bin ich in meinen Krieg gezogen, an die Front, in die tödlichen Gaswolken hinein, und das war schon sehr eigenartig, ich wunderte mich selbst über meine Anwesenheit in diesem Massensterben, aber sie ließ mich immerhin eine interessante Erfahrung machen, weshalb ich heute mit der Autorität eines Veteranen darüber reden kann, und zwar so, daß jedem der Spaß am Hurrapatriotismus gründlich vergällt wird. Ein Gemetzel ist ein Gemetzel, soviel war klar. Weniger klar war, wie ich diesen Umweg über die Ebene von Ypres in Belgien zu Beginn des Jahrhunderts in einer Erzählung rechtfertigen sollte, die angeblich fast fünfzig Jahre später in Nordwestfrankreich spielt. Aber man braucht nur genau hinzusehen, was da steht, der Text ist großzügig, er liefert die Gebrauchsanweisung mit. Und was wird da gesagt? Man kann es nachlesen. Da steht, daß Joseph Rouaud gestorben ist. Das war uns bekannt, es war sogar der Anlaß dieser ganzen Geschichte. Doch intuitiv spürte der Text, nachdem er die Abgründe des Autors ausgelotet hatte, welche Widerstände es da gab, wie verfrüht dieses Heraufbeschwören des Vaters war, und so vertauschte er listig die Personen. Name für Name. Denn hinter Joseph Rouaud verbarg sich ein anderer Joseph Rouaud. Dadurch sprach der eine für den anderen, und der Krieg für den Tod. Das ursprüngliche Vorhaben, das auf ein Gesetz der Serie hinauslief, war davon unberührt, die drei Toten sind da: Großvater, Tante Marie, Joseph. Mit dem Original können wir uns ein andermal befassen, in der nächsten Ausgabe.

Die letzten Augenblicke waren schlimm, das muß ich sagen. Nicht der allerletzte Augenblick, den spürt man nicht. Wenn er kommt, ist das Bewußtsein, durch das wir ihn wahrnehmen würden, schlagartig weg. Es ist wie im Augenblick des Einschlafens. Man kann sich gar nicht schnell genug sagen, jetzt schlafe ich, schon ist man eingeschlafen. Nein, am schlimmsten waren die Stunden davor. Ich habe niemandem Ratschläge zu erteilen, aber wenn Sie die Wahl haben, mit achtzig im Lehnstuhl zu sterben, nachdem Sie am Nachmittag ein bißchen gegärtnert, beim Fernsehrätsel das Lösungswort herausgefunden, eine Tasse Kräutertee geschlürft und dann gesagt haben, während Sie die Tasse ohne zu zittern schön mitten auf die Untertasse stellten, jetzt will ich ein bißchen dösen, und schwupp, die anderen meinen, Sie schlafen, dann kann ich Ihnen nur sagen: Zögern Sie nicht, greifen Sie zu. Denn das Krankenhaus mit seinen Schläuchen, Thermometern, Spritzen, Pillen, Therapien, Untersuchungen, Röntgenaufnahmen, Konsultationen, Betten-Karawanen auf den Gängen und Weiße-Kittel-Prozessionen, bevor man sich das noch einmal antut, sollte man es sich gut überlegen. Wenn so ein inspirierter Würdenträger mit Stethoskop statt Krawatte dich fragt, wie du dich heute morgen fühlst, und du liegst im Sterben und der andere wartet deine Antwort gar nicht ab, sondern wirft nur einen zerstreuten Blick auf das Krankenblatt, das am Fußende des Bettes hängt, dann hast du das unabweisbare Gefühl, ein Joghurtbecher zu sein, bei dem das Verfallsdatum auf dem Deckel geprüft wird. Zum Glück waren da auch die Mädchen im blauen Kittel, die trotz der niederen Arbeiten, die sie zu verrichten hatten, sehr geduldig und liebevoll waren.

Mit der Jugend habe ich mich immer gut verstanden. Vor allem mit der arbeitsamen Jugend, die zupackt und sich Mühe geben will. Nur dank dieser jungen Pärchen, die Vertrauen in mich hatten und denen ich bei der Zusammenstellung ihrer Wunschlisten half, konnte ich das Geschäft so lange weiterbetreiben. Sonst, wenn die Alten in den Laden kamen, war es ein einziges Jammern: Gläser zu dünnwandig, Teller zu wenig tief für die Suppe, Rente zu mager, Beweglichkeit nimmt ab, die Anschnallpflicht im Auto, die Zuzahlung zu den Medikamenten, die Ausländer, das Wetter auch nicht mehr das, was es mal war, die Jungen unfähig zu sinnvoller Freizeitgestaltung. Sie selbst sind da natürlich ganz anders: Tanzabende, Skatrunden, Liederkreise, Fahrt zu Werbeveranstaltungen, Bus wartet um halb vier Uhr morgens, Vortrag über Makramee und wie man es den Enkelkindern beibringt. Beeilen Sie sich, gehen Sie in Rente, wurde auf mich eingeredet, wir reservieren Ihnen einen Platz. Ich komme, verlaßt euch drauf. Sobald ich konnte, verabschiedete ich mich. Die Geschäftsaufgabe war offiziell auf den 30. Juni festgesetzt. Am 25. bin ich gestorben. Ich hoffe, der Bus zur Werbeveranstaltung konnte pünktlich abfahren. Aber der Beweis dafür, daß ich nichts erfinde, sind diese Mädchen, in jeder kleinen Arbeitspause kamen sie zu mir, um mit mir zu plaudern, von sich zu erzählen und mich um Rat zu fragen. Sie hatten gemerkt, daß ich sie nicht bei jedem Kinkerlitzchen rief, mir sei zu heiß oder zu kalt, das Kissen sei verrutscht, die Jalousien müßten runter, das Schlafmittel tauge nichts, wogegen andere, die weit weniger schlimm dran waren, den Finger ständig am Klingelknopf hatten, und wenn die Mädchen dann kamen, hatten sie schon wieder vergessen, was das Problem war. Seit dem Tod meines Mannes mußte ich allein zurechtkommen, ohne fremde Hilfe. Die Leute wunderten sich, warum ich mir nicht helfen lassen wollte, wenn sie mich meine Pakete schleppen sahen, sie verdächtigten mich wahrscheinlich, nur hinter dem Geld her zu sein und nicht teilen zu wollen. Ich antwortete, ich fände es viel mühsamer, jemandem die Arbeit zu erklären, denn bis der andere kapiert habe, sei ich selbst längst fertig. Also wozu. Überdies war es meine Art, unabhängig zu sein. Und man eckt immer an, wenn man Unabhängigkeit demonstriert. Wenn ich je geklingelt habe, dann war meine Nachbarin aus dem Bett gefallen, oder die Flasche am Tropfgalgen war bald leer. Diese Infusionen waren mein Essenstablett, meine Krankenhausmahlzeit. Mir gefiel das gut: nicht mehr kauen, kochen, Tisch decken, abspülen, verdauen, alles kommt durch den Schlauch: das Jahr 2000. Man muß sich nicht einmal für ein Menü entscheiden. Als die Kinder noch zu Hause waren, da war täglich zweimal meine Herzensangst, was ich ihnen kochen sollte. Diese Sorge wären wir los. Eine weniger.

Normalerweise verheißt eine Agonie nichts Gutes. Wunder gibt es nicht. Es ist nicht wie beim Koma, aus dem man noch nach Jahren des rein vegetativen Lebens aufwachen kann. Bei der Agonie gibt es kein Zurück. Es gibt nur einen Ausgang, den tödlichen. Am Ende der Erzählung stirbt also die Mutter, wie vorauszusehen, wie abzusehen, doch die furchtbaren letzten Stunden, die kommen nicht vor, oder fast nicht, man schaue ins Buch. Mir schien, daß dieser Todeskampf, hätte ich ihn erzählt, ein zu großes Gewicht erhalten hätte, daß man nur ihn in Erinnerung behalten hätte, nur er haften geblieben wäre, als habe dieses Sterbelager ihr ganzes Leben ausgemacht, und dadurch alles andere verblaßt wäre, die Kindheit, die Begegnung mit dem großen Joseph, der tragische Tag nach Weihnachten, der Abstieg in die Gruft gemeinsam mit ihrem Mann, und schließlich, nach zehn Jahren des langsamen Emporarbeitens, die Auferstehung. Denn sie hat obsiegt. Sie hat die Kräfte der Finsternis bezwungen. Diese letzten Augenblicke hingegen, was brächte das, sie stehen jedem bevor, sie sagen auch nichts über die Frau aus, allenfalls etwas über die unglaubliche Zähigkeit des Organismus. Ohnehin hatten diese tyrannischen, quälenden Bilder vom Ende, von diesem fahlen und ausgemergelten Körper, bereits alles andere überdeckt, all die grandiosen Bilder von der trippelnden kleinen Dame, von ihrem sprudelnden Redefluß und ihrem hellen Spottlachen, über den wenigen Wochen des Todeskampfs hätte man womöglich ein ganzes Leben aus dem Blick verloren. Deshalb wohl, statt dieser allerletzten Stunden, mehrfach das Motiv ihres schallenden Lachens und ihrer unverwechselbaren Art, einen Salatkopf zu putzen, die darin bestand, schwungvoll die äußeren Blätter wegzurupfen, bis nur noch das helle Herz übrigblieb.

Ich weiß. *Wir sind doch keine Kaninchen.* Vielleicht habe ich das wirklich gesagt, aber dann im Spaß. Nur vergißt er zu erwähnen, daß nicht ich, sondern sie selbst die grünen Blätter nicht mochten, genauso wie ich jeden Morgen ihre Milch absieben mußte, weil sie sich über kleine Hautfetzen beschwerten, die in ihrer Frühstückstasse schwammen. Was habe ich nicht alles getan für sie. Zum Beispiel für alle drei Garnelen gepult, und zwar die ziegelroten kleinen, die man hier am Atlantik *boucauds* nennt, und das ist eine Fieselei, wenn man nicht wie die Barbaren bloß den Kopf abreißt und den Rest so ißt, sondern mit Fingerspitzengefühl in zwei Phasen aus dem zarten Panzer das rosafarbene Fleisch zieht, das ich ihnen auf eine zuvor gebutterte Brotscheibe legte, während sie wie junge Vögel bei der Fütterung ungeduldig darauf warteten, an die Reihe zu kommen. Es bedarf nämlich vieler *boucauds*, um satt zu werden. Und wenn es am Freitag Flammkuchen gab, eingedenk des Fastentages, der früher einzuhalten war, stand ich während der ganzen Mahlzeit am Gasherd, mit der linken Hand die schwere schwarze Pfanne in alle Richtungen schwenkend, um den Teig gleichmäßig zu verteilen, der sich zähflüssig aus der Kelle in der anderen Hand ergoß, derweil sie sich hinter mir um den nächsten Flammkuchen zankten und an mich überhaupt nicht dachten, ich durfte erst essen, wenn sie alle satt waren. Und dann ihre Kleider, die ich jeden Abend auf einen Stuhl oder über die Bettlade legte, damit sie am nächsten Morgen alles nur überzustreifen brauchten, sie mußten nicht einmal die Augen aufmachen, weil alles in der Reihenfolge des Ankleidens dalag, Unterwäsche zuoberst, Pulli zuunterst, das allerdings hat er gesagt, das gebe ich zu.

Ich habe ihn genug dafür gescholten, daß er vieles nicht so wiedergab, wie es wirklich war, um nicht auch für ihn einzutreten, wenn es stimmt, was er sagt, seine Darstellung aber angezweifelt

zu werden scheint, angeblich weil sie historischen Tatsachen widerspricht, zum Beispiel die Schilderung meines Kinobesuchs an jenem Nachmittag des 16. September 1943 in Nantes, als man mich um ein Haar unter die tausend Opfer der wahllosen Bombardierung und Zerstörung des Stadtzentrums gezählt hätte und dieser Tag ohne meinen Cousin Marc, der mich begleitete, mein letzter gewesen wäre, wodurch der Umstand, daß mich die schönen Augen von Pierre-Richard Willm in der Rolle des Monte Christo den Buchhaltungskurs schwänzen ließen, genausowenig bekannt geworden wäre wie die Tatsache, daß die beiden Schwestern meines Schwagers Jean, des Mannes meiner Schwester Claire, unter den Trümmern einer Brücke mit dem nicht sehr glücklichen Namen Sauvetout, Allretterin, begraben wurden. Zu dieser Angelegenheit erhielt mein Sohn Briefe, in denen behauptet wurde, *Der Graf von Monte Christo* sei damals nicht im Katorza gelaufen, sondern im Olympia, ein paar Schritte weiter in der rue Franklin (man beruft sich auf einen Vater, der dort vor dem Krieg Vorführer war, weshalb seine Familie während seiner Gefangenschaft in Deutschland Freikarten erhielt), daß außerdem der Film bereits begonnen habe oder schon fast zu Ende gewesen sei, als die Sirenen losheulten, wogegen ich mich zu erinnern meine, daß es während des Vorspanns war. Und lauter solche Kleinigkeiten, mit denen man doch bloß Zweifel anmelden will, ob ich überhaupt dort war, denn in einer ersten Version hatte ich ja behauptet, Pierre Blanchar habe die Titelrolle gespielt, dabei war es Pierre-Richard Willm. Drei Angaben also falsch: der Name des Schauspielers, das Kino, der Zeitpunkt des Fliegeralarms. Spitzfindige Folgerung unserer Spürnasen: Sie war nicht dort. Hat alles bloß erfunden. Wozu eigentlich? Was hatte sie zu verheimlichen? Da fällt einem der Himmel auf den Kopf, ein Davonkommen ist schon richtig unwahrscheinlich, es geht wirklich ums Ganze, und man ist völlig machtlos, das Gewölbe des Kellers, in dem man Zuflucht gefunden hat, zittert wie Espenlaub, und dann heißt es, man habe es sich derweil vielleicht irgendwo gutgehen lassen. Die Methode ist bekannt. Nach dem gleichen Prinzip greift man die Aussage eines Überlebenden der Konzentrationslager heraus, der in seiner Erinnerung das Mordgas aus diesem Duschkopf austreten sah, während es aus jenem strömte, und man folgert daraus, die ganze Sache sei ein Phantasieprodukt, und die spurlos verschwundenen sechs Millionen Männer, Frauen und Kinder hätten bloß die Kriegswirren genutzt, um wie irgendwelche Versicherungsbetrüger spurlos zu verschwinden und sich ein schönes Leben auf dem Mars zu machen, denn ein Pazifik-Atoll, auf dem Platz für alle wäre, gibt es ja nicht.

Im Augenblick des Erlebens ist man überzeugt, ein so beeindruckendes Ereignis werde sich für immer ins Gedächtnis einprägen, aber dann, nach einer gewissen Zeit, weiß man auf einmal nichts mehr mit Bestimmtheit. Ich erinnere mich, daß der Weltumsegler Alain Colas im Fernsehen erzählte, er habe mitten im Nordatlantik sein Boot verlassen müssen, um an seinem Ruder etwas zu reparieren, und zu drei Vierteln im eisigen Wasser hängend, habe er, um sich bei guter Laune zu halten, aus voller Kehle *Il était un petit navire – War einst ein kleines Segelschiffchen* gesungen. Das zumindest sagte er in die Mikrophone, die ihn nach der glücklichen Landung erwarteten, aber ein paar Monate später behauptete er es schon nicht mehr so überzeugend. Er war sich nicht mehr sicher, ob es gerade dieses Lied war. In Wirklichkeit klammern wir uns an die Erinnerung der Erinnerung. Als verflüchtige sich das Ereignis, wenn wir es ein erstes Mal erzählen, wonach dann dieses Erzählen maßgeblich wird. Da ich außerdem sehr selten ins Kino gegangen bin und auch nicht aus Nantes stammte, kann man sich gut vorstellen, daß ich die einzelnen Säle nicht genau auseinanderhalten konnte. An jenem Tag ging ich einfach mit meinem Cousin mit, der auch die Eintrittskarten kaufte, sie dem Türsteher zeigte und der Platzanweiserin das Trinkgeld gab. Im Saal selbst starrte ich auf die Leinwand, woran sollte ich erkennen, daß ich in diesem und nicht in jenem Kino saß? In einem anderen Brief belehrt man uns, daß im Katorza an jenem 16. September 1943 *Monsieur La Souris* lief, ein Film mit Raimu. In allen anderen

Dingen können meine Verleumder meinetwegen recht haben, aber da bin ich kategorisch, für diesen Raimu hätte ich meinen Buchhaltungskurs nicht geschwänzt. 1943 war ich einundzwanzig, in einem Alter also, wo ein Mädchen nicht lange zögert zwischen Raimu und Pierre-Richard Willm, außer vielleicht Raimus Tochter, denn eine Tochter sieht ihren Vater mit anderen Augen. Es war also sehr wohl *Der Graf von Monte Christo*. Und dann also das Olympia, wenn das für gewisse Leute so wichtig ist, aber die werden mir nicht ausreden können, daß ich noch Jahre nach diesem tragischen Bombardement durch die amerikanischen Fliegenden Festungen jedesmal zu Tode erschrak, wenn ich das Brummen eines Flugzeugs hörte.

Ihre letzten Augenblicke nicht zu schildern hätte ich damit rechtfertigen können, daß es aus Diskretion geschehen sei oder um, ja, diese Prüfung nicht noch einmal durchstehen zu müssen, denn eine Prüfung war es auch für die Angehörigen, ihre drei erwachsenen Kinder, die ihr Bett umstanden wie auf jenen alten Darstellungen die Jünger das Sterbelager des heiligen Franz von Assisi oder des heiligen Dominikus, der eine das Gesicht im Laken verbergend, ein anderer die tränenfeuchten Augen verliebt auf den Heiligen richtend, wieder andere zum Himmel blickend, als müßten von dort gleich

Engel herabsteigen. Der Blick aus dem Fenster im vierten Stock der Universitätsklinik Nantes zeigte ungeflügelte Engel im weißen Kittel bei der Landung auf dem Hubschrauberlandeplatz, der sich auf einem tiefer gelegenen Flachdach befand, sie sprangen, kaum hatte sie im Zentrum des weißen Kreises aufgesetzt, aus der Maschine und holten eilig eine Bahre heraus, auf der ein angegurteter und an Infusionen hängender Notfallpatient wahrscheinlich wußte, daß er um den letzten Einsatz spielte, daß nicht die Krankheit, gegen die er kämpfte, der Feind war, sondern die Zeit, die aus den Infusionsflaschen wie aus Sanduhren tröpfelte, und daß wenige Sekunden über sein Schicksal entscheiden würden. Ein Unterschied zu den alten Bildern war auch, daß wir zu scherzen versuchten, was im Sterbezimmer des heiligen Franziskus oder Dominikus sicherlich nicht geschehen war, selbst wenn der äußerst sittenstrenge Dominikus auf dem Totenbett seinen Jüngern fast ohne Reue gestand, junge Mädchen seien ihm im Beichtstuhl stets lieber gewesen als alte Damen. Was nur mäßig überrascht, Heiligkeit ist nicht denkbar ohne diese gewisse poetische Ader, die allerdings den Jüngern abgeht, die, wiewohl gewissenhaft und bestrebt, nur blasse Kopien sind, ohne die Gabe der Freiheit, weshalb sie vielleicht dieses Faible für die Schönheit insgeheim anstößig fanden und lieber die denkwürdigen und erbaulichen Taten des Ordensgründers hervorhoben, wie er einem Aussätzigen die Füße oder vielmehr Fußstümpfe gewaschen, wie er die Wundmale erhalten, wie er über dem Boden schwebte und was sonst noch einen Eliteheiligen von einem gewöhnlichen Sterblichen unterscheiden mag, wogegen wir unsere besten Erinnerungen zusammensuchten, all jene, in denen unsere Mutter, oft ungewollt, uns erheiterte, was sie selbst natürlich weniger lustig fand und jedesmal mit ihrer mißbilligenden Mimik, zusammengekniffene Lippen und zitterndes Kinn, quittierte. Vor uns die röchelnde Gestalt, zählten wir fröhlich alle ihre kleinen Manien auf, die wir als so ärgerlich empfunden hatten und die uns jetzt, da sie uns bald verlassen würde, schon zu fehlen begannen. Wir redeten in Zitaten, die nur für uns Sinn und Zusammenhang ergaben, ein plötzlich Hinzukommender hätte sie als Äußerungen von Minderbemittelten gewertet. Wenn zum Beispiel im Zimmer die Temperatur zu hoch war, sagte jemand von uns: Ist euch nicht zu warm, Kinderchen? Das war eine ihrer klassischen Wendungen, mit denen sie uns bedeutete, es möge doch bitte jemand das Oberlicht des Küchenfensters öffnen, aber sie wollte das natürlich nicht als Forderung gesagt haben.

Sie haben immer behauptet, ich hätte keinen Humor. Oft habe ich festgestellt, daß sie auch kaum welchen hatten, sobald es gegen sie ging. Aber jetzt, da ich spüre, wie alle drei um mein Bett versammelt sind, muß ich daran denken, wie wir nach dem Tod ihres Vaters zusammen in der Küche waren und ich schweigend das Essen richtete, während sie um den Tisch saßen, spielten, Hausaufgaben machten oder sich zankten. Aber reden wir von etwas anderem. Eine besonders leichte Zeit war es nicht. Ich glaubte wirklich, daß ich das nicht überstehen würde. Ich erinnere mich, wie ich dies einmal im Laden einer Kundin anvertraute. Aber das ist ja bekannt, auch in dieser Hinsicht hat er alles gesagt. *Lange Zeit glaubte sie nicht daran, in diesem Zweikampf je siegen zu können, war vielmehr überzeugt, daß dies der Anfang von ihrem Ende sei und ihre Lebenskraft in weniger als einem Jahr zur Neige gehen würde. Es war kurze Zeit nach der tragischen Nacht. Unsere jüngste Schwester kam von der Schule durch den Laden herein, als ein schon allzu bekanntes Schluchzen sie erstarren ließ, das vom Untergeschoß heraufdrang, wo sich die Trauerartikel und Eisenwaren befanden und wo unsere Mama weinte und mitten im Weinen einer Kundin gestand, sie glaube nicht, daß sie ihn um ein Jahr überleben werde, sie habe das Gefühl, es gehe über ihre Kraft, über ihr Wollen, ein Jahr lang ohne diesen Mann zu leben.* Neu war für mich, daß sich meine kleine Tochter jedes Wort gemerkt hatte. Es ist für eine Mutter nicht leicht, so etwas zu hören. Wenn man den Kindern beim Spielen zuschaut, wenn man sie lachen oder streiten hört, meint man, die Sache müsse für sie ausgestanden sein. Man beneidet sie fast um ihre scheinbare Unschuld, um dieses Vergessenkönnen. Man findet es fast grausam, wie wenig Betroffenheit sie zeigen. In Wirklichkeit schließen sie alles in sich ein. Beim Lesen seines ersten Buches habe ich verstanden, daß sie sich an alles erinnern. Durch dieses Buch wurden sogar bei mir bestimmte Erinnerungen wieder lebendig, die im Laufe der Jahre verschüttet worden waren. Als ich es zu Ende gelesen hatte, rief ich meinen Sohn an und sagte nur: Das hat mich ganz schön zurückgeworfen. Mehr nicht. Er wußte, was ich damit sagen wollte. Da war nicht viel zu erklären. Eine solche Reise in die Vergangenheit unternimmt man nur ungern. Und für ihn wird es auch kein vergnüglicher Spaziergang gewesen sein. Ich habe das beim Lesen gemerkt. Daß sie so unter dem Fehlen des Vaters gelitten haben, das hätte ich nie gedacht. *Angers – Sehr geehrte Madame Rouaud, die Worte fehlen mir, um meine Bestürzung und mein Mitgefühl zu beschreiben, kein Ausdruck ist stark genug, um Ihnen zu sagen, was ich empfand angesichts des großen Bettes, angesichts Ihres Schmerzes und des Schmerzes aller Anwesenden. Ich kann immer noch nicht glauben, daß es wahr ist, nachdem ich mich so mit ihm gefreut hatte, daß wir in der Arbeit zusammensein würden. Ich möchte Ihnen den ganzen Mut geben können, den Sie benötigen, und Ihnen sagen, wieviel Gutes ich stets über Joseph gehört habe, wieviel Sympathie und Vertrauen er überall zu erwecken verstand. Der Friede des Herrn sei mit ihm, Gott habe ihn selig, und wir alle werden ihn nie vergessen können. Ich wünsche Ihnen, liebe Madame Rouaud, viel Mut und versichere Sie meiner tief empfundenen, trauernden Sympathie. Wenn immer ich Ihnen helfen kann, zögern Sie nicht und lassen Sie es mich wissen, was und wofür es auch sei. Rennes – Sehr geehrte Madame Rouaud, mit Betroffenheit und Schmerz haben wir vom Tod unseres Freundes, Ihres lieben Mannes, erfahren. Er war von so kräftiger Konstitution, daß es für uns schien, Krankheit könne ihm nichts anhaben. Lorient – Sehr geehrte Madame Rouaud, es war uns nicht vergönnt, Ihre Bekanntschaft zu machen, aber wir werden in den kommenden Wochen das Grab Ihres Mannes aufsuchen, den wir als außerordentlich ehrlichen und taktvollen Menschen in hoher Wertschätzung hatten. Er wird uns unvergeßlich bleiben. Er war ein Vertreter von höchstem Format. Wir nehmen zweifach Anteil an Ihrem großen Schmerz, da er auch ein Freund der Familie und unser Berater sowie unser Vertrauter war. Unsere armseligen Worte werden nie ausdrücken können, was wir empfinden über diesen so plötzlichen Verlust. Plouay – Sehr geehrte Madame Rouaud, mit großer Betrübnis habe ich vom Tode Ihres Mannes erfahren. Ich wage Sie kaum zu fragen, ob Ihr Mann an seiner Krankheit gestorben ist, an seinem Bandscheibenvorfall, Sie wissen sicherlich, Ihr Mann hat es Ihnen wohl erzählt. Ich habe ebenfalls einen Bandscheibenvorfall, der immer noch Schmerzen verursacht, und das geht jetzt schon seit Juni 1962 so, und es ist immer noch nicht viel besser. Ihr Mann war in Quiberon, er sollte acht Tage nach seinem Besuch bei uns wieder hinfahren. War er dort? Ich dachte, es sei vielleicht wegen dieser Massagen, die ihm nicht gut getan haben. ROM, Missions africaines – Sehr geehrte Madame Rouaud, es ist schon eine schöne Gnade, daß der liebe Gott Joseph am Tag nach seiner weihnachtlichen Kommunion abberufen hat, und ich bin sicher, daß es für Sie ein gewisser Trost in Ihrer Trauer ist, wenn Sie daran denken.*

Heute würde man über diesen seltsamen Trost lachen oder wütend werden, aber im Moment achtete man überhaupt nicht auf so etwas. Das große Bett im Brief dieses Freundes von Joseph, der eine Woche später mit ihm zusammen eine Stelle hätte antreten sollen, und zwar auch bei diesem Haus in Angers, früher sagte man Haus statt Firma oder Unternehmen, auf diesem großen Bett lag der Leichnam, an dem drei volle Tage lang ständig Menschen vorbeizogen, bis spät in die Nacht. Die Leute konnten es nicht fassen. Alle Beileidsbriefe sagen dasselbe, aber wenn sie ankommen, liest man sie kaum. Man schaut auf die Unterschrift, denkt einen Augenblick lang an den Menschen, der da sein Mitgefühl ausdrückt, und nimmt sich vor, ihm irgendwann, wenn ein wenig Zeit und ein wenig Kraft bleibt, ein paar Dankesworte zu schreiben. Die Aufgabe wächst aber mit jedem Tag, der auf die Tragödie folgt, weil ganze Berge von Post kommen. So viele Briefe, die alle mehr oder weniger dasselbe sagen, die dir nichts Neues mitteilen, außer daß der Schreibende soeben erfahren habe, was du aus erster Hand nur allzu gut weißt. Zudem schießen dir bei der ersten Zeile die Tränen in die Augen, und der Rest verschwimmt. Du hast schon ein Stück Wegs zurückgelegt im Leid, von der Sekunde des Entsetzens, in der das Leben eines Menschen in die Finsternis stürzt, trennen dich bereits ein paar Stunden oder Tage, weshalb du dem grausamen Sog dieser Todeszone schon nicht mehr ganz so unerbittlich ausgesetzt bist, aber diese so gut gemeinte, so mitfühlende erste Zeile, die dich ihres Beileids und Beistands versichert, wirft dich auf den Nullpunkt zurück. Und bei jedem Brief, den du öffnest, erlebst du dasselbe. Es ist kein Erinnern an das Schreckliche, das dir ohnehin nicht aus dem Kopf will, sondern ein brutales Zurückgeschleudertwerden zur allerersten Sekunde, als wärst du für den Rest deines Lebens mit einem dicken Gummiseil an diese schwarze Kiste gefesselt, und du mußt immer wieder deine spärlichen Kraftreserven aufbieten, denn du sollst ja aufstehen und weitergehen, bis es dich das nächste Mal unbarmherzig zurückwirft, weshalb es dir, da du deine Reserven immer mehr aufbrauchst, bald unmöglich erscheint, menschlich gesehen unmöglich, weil es zuviel verlangt ist von einem Organismus, diese Expander-Gymnastik oder Wolgaschiffer-Tortur mehr als ein Jahr lang durchzuhalten, und da ist es fast eine Erlösung, sich vorzustellen, man würde nach hinten schnellen, sich ganz klein machen und in ein solches Medaillon schlüpfen, wie Tante Pauline eines am Hals hängen hatte: Deckel zu und sachte in den Herzen der Überlebenden vergilben, bis man mit der Erinnerung des letzten von ihnen ganz verschwunden wäre.

Am Tag zuvor hatte man sie in ein Einzelzimmer verlegt. Wir hatten ihr ins Ohr geflüstert, sie sei da besser aufgehoben und fühle sich bestimmt wohler, denn wir fürchteten, sie könne selbst im tiefsten Schlaf diesen Umzug als Abschieben auffassen, als greifbares Zeichen des nahen Endes. In ihren letzten einigermaßen klaren Augenblicken hatte sie die Fachärztin, die sich zu ihr auf den Bettrand setzte, aufgefordert: *Frau Doktor, schaffen Sie das bei mir,* und man wußte im Moment nicht recht, was in diesen Worten echte Hoffnung, was grausam treffende Bezeichnung der Situation und was rücksichtsvolle Umschreibung war, um für uns die Fiktion ihrer Genesung aufrechtzuerhalten. Die junge Frau von karibischer Schönheit hatte ihre Hand genommen und sehr sanft geantwortet, das brauche wohl noch ein bißchen Zeit. Viel hat es nicht gebraucht. Der ausgezehrte Körper sank kurz danach in etwas, was nicht Schlaf und nicht Koma war, sondern eine unruhige Bewußtlosigkeit, die man verständlicherweise ihrer Zimmergenossin nicht zumuten wollte, welche übrigens aus demselben Badeort an der Atlantikküste stammte, in dem unsere Mutter als Kind zusammen mit ihren Geschwistern und Cousins, unter ihnen das Schlitzohr Freddy, die Sommermonate verbrachte. Ein Onkel mütterlicherseits besaß dort ein Hotel mit Restaurant, das den anderen Familienmitgliedern als Sommerwohnsitz diente, so daß es kaum erstaunt, daß das Unternehmen pleite ging und der Koch zusammen mit seinem geschwätzigen Papagei seine Tage im Dienste eines illustren Adelsgeschlechts beschloß, nachdem er, so die Legende, sogar dem Grafen von Paris die Hand gedrückt, sofern man Seiner Exzellenz tatsächlich die Hand gibt, weil dieser ihm unbedingt zu seinen Kochkünsten gratulieren wollte. Doch dank dieser zufälligen Zimmerzuteilung auf der Station kam sie wieder mit ihrer frühesten Kindheit in Berührung und sah in der Erinnerung ferne, längst entschwundene Gestalten aufsteigen, die sie mit Hilfe der Beschreibung durch ihre Leidensgenossin einordnen konnte. Seit dem Ausbruch der Krankheit schien sie übrigens den Laden, der sie doch mehr als alles andere beschäftigt hatte, vergessen zu haben, als wäre er ein fünfzigjähriges Zwischenspiel gewesen, und die Erinnerung an ihr arbeitsames Leben war wie weggewischt, wogegen sie jetzt auf dem Krankenlager sichtliches Vergnügen daran fand, von ihrer Kindheit und Jugend zu erzählen, worüber wir im Grunde nicht viel wußten, da sie so wenig mitteilsam gewesen war, daß wir nie genau sagen konnten: war ihre Erinnerung daran nun gut oder nicht? so gefeit gegen jegliche Form von Nostalgie schien sie zu sein.

Zum Glück erwiesen sich die Photographien aus dieser Zeit als beredter: Unsere Mama, noch klein, als Charlie Chaplin verkleidet mit falschem Schnauzer, Stock und Melone, wahrscheinlich bei einer schulischen Abschlußfeier und sichtlich in ihrer selbst ausgewählten Rolle aufgehend, auf einem anderen Bild, aufgenommen wohl bei einem Familienpicknick am Ufer eines dieser kleinen Seen, von denen es in ihrer Herkunftsregion viele gibt, ist sie sehr viel jünger, vielleicht vier, ein Glockenhut rutscht ihr bis zu den Augen herunter, und sie schmiegt sich Daumen lutschend an ihre lächelnde Mutter, was die Behauptung widerlegt, diese sei von nicht sehr mütterlicher Art gewesen. Bei dieser Gelegenheit sind gleich mehrere Berichtigungen durch denjenigen fällig, der sie als energische, aber wenig zärtliche Frau dargestellt hat. Was ihr Sohn ihm so verübelte, daß er einen Boykott der Bücher seines Neffen in Erwägung zog. Von seinem Standpunkt aus, das heißt vom Standpunkt eines Sohnes aus, der unzutreffende Dinge über seine Mutter liest, kann man nicht anders, als ihm zuzustimmen. Deshalb an seine Adresse dicses mea culpa: Großmutter war eine gute Mutter, und da wir schon dabei sind, auch der Gemüsegärtner-Friseur war ein guter Gemüsegärtner, dies sei seiner Tochter gesagt, die mit Betrübnis las, was ich über ihren Vater geschrieben habe. Denn auf diesem Bild von mir als Fünf- oder Sechsjährigem, aufgenommen von einem Wanderphotographen, der seinen als Studio dienenden Kastenwagen auf dem Vorplatz der Kirche abgestellt hatte und den mein stets gastfreundlicher Vater zum Essen eingeladen hatte, sieht man deutlich die unregelmäßigen Spuren der Haarschneidemaschine über meinen Ohren. Aber ein Vater ist ein Vater, und es tut mir aufrichtig leid.

Wie viele, wenn sie älter werden, hatte ich die Gewohnheit, meinen Tag mit der gründlichen Lektüre der Todesanzeigen zu beginnen, die Zeitung groß aufgeschlagen auf dem Tisch neben meinem Frühstück. Mir ging ein Stich durchs Herz, es war, als träte meine alte Schulkameradin aus dem Nebel heraus, in dem sie auf ihrer Jagd nach dem Ruhm verschwunden war, um mich zu warnen: *Nantes. – Sie war 66 Jahre alt. Man fand sie vor kurzem in ihrer Wohnung. Tot. Eines natürlichen*

Todes gestorben. Allein. Völlig allein. Die Bühnenschauspielerin Ginette Valton ist nicht mehr.

»Sie war eine hervorragende Künstlerin«, bestätigte uns der ehemalige Direktor des Rundfunkstudios von Nantes, ihr Vorgesetzter zu der Zeit, als sie für das örtliche Studio von Radio-Bretagne tätig war. Sie interpretierte dort zahlreiche Hörspielrollen. Ginette Valton studierte bei Charles Dullin. Auch in mehreren Filmproduktionen wirkte sie mit, namentlich in Die Frau des Gehenkten *an der Seite von Charles Vanel.*

Tot, eines natürlichen Todes gestorben, ist nicht mehr, für einen einzelnen Menschen war das viel. Entweder war die Nachricht wirklich nicht zu fassen, und man mußte sich mit dieser Aneinanderreihung von vergleichbaren Begriffen dasselbe mehrmals sagen, damit es in den Kopf ging, oder der Journalist wußte sonst nichts zu sagen. Zudem stand die Meldung von Ginette Valtons Hinscheiden in einem großen Kasten auf der Seite der Todesanzeigen, als wolle man ein verpaßtes Ereignis schnell noch nachmelden, als wolle die Zeitung ihr jetzt einen triumphalen Abgang bereiten, weil sie sich schäbig vorkam, sie nie beachtet zu haben, während ihrer ganzen Karriere hatte sie ihr wahrscheinlich nie so viel Platz eingeräumt wie jetzt, wo sie ihr zu einem armseligen postumen Triumph verhalf, der mich um so mehr berührte, als Ginette und ich zusammen im Institut Françoise d'Amboise von Nantes waren, am Chavagnes, wie wir sagten. Mit einem Mal hatte ich alles wieder vor Augen, wie sie bei den Jahresabschlußfeiern in Sketchs brillierte, wie sie unbedingt Schauspielerin werden wollte, welche Hoffnungen sie sich machte, wie ihre ersten Erfolge kamen, nach denen unsere Verbindung dann abbrach. Ich gebe zu, ein Titel wie *Die Frau des Gehenkten* hätte mich wohl nicht zum Kinobesuch veranlaßt, selbst wenn ich zufällig ihren Namen auf dem Plakat entdeckt hätte. Und wahrscheinlich spielte sie auch nur eine Nebenrolle, denn ich kann mich nicht erinnern, daß sie je von sich reden gemacht hätte. Am Schluß des Artikels stand, die Polizei bitte alle Personen, die Ginette Valton gekannt haben, sich mit ihr in Verbindung zu setzen, damit man die Angehörigen ausfindig machen könne. Ich hätte gern angerufen. Nicht um Auskunft zu geben, seit Chavagnes hatte ich keinen Kontakt mehr mit ihr, sondern um etwas über sie zu erfahren. Was ihr Leben ausmachte. Wahrscheinlich hatte sie alles der Kunst geopfert und das Kinderkriegen vergessen. Deshalb dieser einsame Tod. Es muß wirklich ein trauriges Lebensende gewesen sein. Immer seltener ein Vertrag, die Wohnung entsprechend immer kleiner, die Einsamkeit dafür um so größer. Die Zeitung hatte nicht einmal ein Photo von ihr auftreiben können, um den Artikel damit zu illustrieren. Das Archiv war wohl vergeblich bemüht worden. Nichts. Nicht einmal eines dieser sorgfältig retuschierten Künstlerphotos, wie man sie früher machte. Ich erinnere mich unklar an ein hübsches Mädchen. Doch mit dem Namen verband sich nur noch die Erinnerung daran, mit wieviel Energie sie sich auf unserer kleinen Bühne verausgabte, wie sie unbedingt ganz oben auf den Plakaten stehen wollte und wie wir alle dazu neigten, ihr zu glauben.

Ich habe den Artikel ausgeschnitten, so wie ich manchmal Artikel ausschneide, die aber normalerweise sachliche Informationen enthalten, zum Beispiel neue gesetzliche Bestimmungen für das Kleinhandelsgewerbe, Zahlungsfrist für die Steuer, geänderte Öffnungszeiten im Sommer oder im Winter, Tage der Müllabfuhr, Gemeinderatsbeschlüsse, Pläne für ein neues Einkaufszentrum, und die Zettel verschwanden recht schnell in der Ansammlung unterschiedlichster Gegenstände auf der Platte des Büfetts. Doch diesmal sorgte ich dafür, daß er nicht unterging, indem ich ihn in eine Ritze zwischen einem Türrahmen und der Füllung klemmte. Da war er wie eine Mahnung. Fast wie bei den Kartäusern, die sich, zumindest behauptete das mein Vater, bei jeder Begegnung gegenseitig mahnen, bedenke, daß du sterblich bist. Irgendwie war es, als hätte ich gespürt, daß bald die Reihe an mir sein würde, daß mir die Freundin von damals eine Warnung zukommen ließ, ich solle bereit sein. Weil ich mich weigerte, den Ruhestand anzutreten und meinen Laden aufzugeben, prophezeite mir meine jüngste Tochter oft einen Molière-

Abgang, wie sie sich ausdrückte, womit sie meinte, ich würde gleich ihm auf der Bühne sterben, das heißt inmitten meiner Geschirrstapel und Kartons. Auf der Bühne zu sterben, das hatte sich wohl auch Ginette Valton erträumt, aber man hat ihr die Bühne unter den Füßen weggezogen. Weder roter Vorhang noch Publikum bei ihrem Abgang. Der am Büfett prangende Zeitungsausschnitt war etwas vergilbt, doch er steckte immer noch am selben Ort, als die Kinder nach meinem Tod ins Haus kamen.

Inzwischen war noch einer hinzugekommen, der mir zugeschickt worden war. Er stammte aus einer Zeitung, die ich nicht abonniert hatte, in ihm war zu lesen, daß das große Haus neben der Kirche von Riaillé, in dem ich viele Jahre meiner Kindheit verbracht hatte, abgerissen worden war. Irgendwie ein weiteres Vorzeichen des nahen Endes. Die Überschrift lautete *Das Haus Brégeau in Trümmern. Ein Stück Geschichte*, darunter ein Photo von einem großen Berg von Steinen, Brettern und Balken, hinter dem die Fassade des östlichen Querschiffs der Kirche erscheint, die vorher durch das Haus verdeckt wurde. Die beiden Giebel stehen noch, man sieht zwar nur einen, aber der Firstbalken, der als letzter Rest des Dachstuhls beide zusammenhält und quer über den Himmel einen Strich zieht, als wär's ein Draht für die Schwalben, würde kläglich herunterhängen, wenn die zweite Giebelwand schon eingestürzt wäre.

Auf dem sichtbaren Teil erkennt man deutlich die Tapeten der einst zu Dienstbotenzimmern ausgebauten Dachräume, die Geschosse darunter verschwinden hinter dem sich türmenden Schutt. Unter dem Bild steht: *Die Bagger verrichten ihr Werk ...*

Wenigstens nicht die Bomber.

Es muß sich stattlich ausgenommen haben zu Beginn des Jahrhunderts, dieses bedeutende Bauwerk mit einer Grundfläche von 300 m². Alfred Brégeau Vater begann 1904 mit dem Bau dieses imposanten Gebäudes neben der erst kurz davor fertiggestellten neuen Kirche.

Mit seiner stolzen, von einem prächtigen schmiedeeisernen Balkon beherrschten Fassade von fast 50 m² Fläche konnte sich damals das Handelsgeschäft Brégeau mit vielen Läden von Nantes messen. Bei dem breitgefächerten Angebot – Konfektionskleidung, Möbel- und Vorhangstoffe, Devotionalien, Lebensmittel – konnten sich hier auch Heiratswillige für die Gründung ihres Hausstandes eindecken. Es gab alles: Hochzeitskleid, Schleier, Orangenblüten-Brautkranz, Eheringe ...

Jahre hindurch gedieh das Geschäft, doch nach dem Tod des Vaters im Jahre 1940 mußten sich die beiden Töchter Marie und Pauline veränderten Gegebenheiten beugen.

Zu den letzten Rayons des Ladens zählte ein Süßwarengeschäft, das bei den Schülern der da-

maligen Zeit sehr beliebt war. Dieses Kapitel Geschichte könnte vielleicht eines Tages einen der Enkel der Familie Brégeau inspirieren …

Lieber nicht. Es ist ein glückliches Kapitel meiner Kindheit. Er soll es ungeschrieben lassen und seine Leser an die Comtesse de Ségur verweisen, Spiele im Park um das ovale Wasserbecken herum, Krocketpartien auf dem Rasen, Nachmittagstees bei Tanten, Puppenhäuser mit Puppengeschirr aus Porzellan, das alles bekommen sie dort. Dieses Haus hat er nicht gekannt. Oder doch, aber da geisterten nur noch zwei alte Frauen darin herum: Tante Pauline, die nicht, wie man leichthin behauptete, böse gewesen ist, sondern griesgrämig und verhärmt, das Gegenteil von dem, was sie als junges Mädchen war, und Marie-Louise, ihre treue Magd, die noch fast als Kind zur Familie in Stellung kam, die eine wie die andere Überlebende aus einer anderen Zeit, wo sich die Väter vorstellten, daß ihre Söhne ein Leben lang bei ihnen blieben und solche Häuser bauten wie dieses, das sechzehn Zimmer und zwei Eßzimmer zählte, Platz genug für Gattinnen, Enkel und Personal. Dieses Gebäude hatte er selbst entworfen, es entsprach seinem Lebensideal: Er würde sein Schneiderhandwerk an die beiden Söhne weitergeben, welche dann das Geschäft zusammen mit ihm führen würden, die zwei Töchter übernähmen den Laden, der modern wäre wie die Läden, die er aus Nantes kannte, und so hätte er als Oberhaupt der Sippe getrost einem

Patriarchentod entgegensehen können: die verweinte Nachkommenschaft im Kreis um sein Bett, ein jeder würde ein letztes Wort, einen letzten Rat von ihm erhoffen, mit Tränen seine Stirn benetzen und andächtig seinen letzten Atemzug vernehmen. Er erwartete nicht ausdrücklich, daß sich die Hinterbliebenen über seinem Grab hinopferten, aber viel fehlte nicht. Zumindest was seine Töchter betrifft, die tatsächlich im Jungfernstand verblieben. Zum einen waren sie natürlich Leidtragende des Weltkriegs, des Ersten, der auch hier die eroberbaren Herzen fallen ließ wie Blätter beim Herbststurm, so daß danach nicht mehr genug für alle da waren, aber sie waren auch Opfer dieses tyrannischen Vaters, der meinte, einen besseren Mann als ihn könne es für seine Töchter ohnehin nicht geben.

Tante Pauline, diese alte Dame, die man als unangenehme, verbitterte Frau kannte und die für die Kunden eine solche Zumutung war, daß am Ende, als von den Expansionsträumen des verstorbenen Großvaters nur noch der Süßwarenbereich übrigblieb und dieser richtig verloren wirkte inmitten der hohen, fast leeren Regale, in denen noch zwei oder drei um ein Holzbrett gewickelte Bahnen Stoff lagen, die ebenso aus der Mode waren wie die vergilbten alten Reklametafeln an den Wänden, die von Zeiten kündeten, in denen man ohne Mohrengestalt keine Schokolade anpreisen konnte, Tante Pauline, die mit ihrem kunstvoll geschürzten Haarknoten und ihrem hohen, von einer Achat- oder Kameebrosche geschlossenen Spitzenkragen direkt einer Hutschachtel aus dem letzten Jahrhundert entstiegen schien, diese Tante Pauline trug, versteckt in einem Medaillon, das immer an ihrem Hals hing, sechzig Jahre lang einen Liebeskummer mit sich herum. Nach ihrem Tod wagte es jemand, wahrscheinlich Marie-Louise, die offiziell als aufopfernd galt, aber was blieb ihr als Magd anderes übrig, das Medaillon zu öffnen, und darin fand sich, doppelt gefaltet, ein Geheimnis der alten Dame: die vergilbte Photographie eines Mannes in schmucker Uniform, mit dem Schneid des Ahnungslosen, die Aufforderung zum Tanz im Blick, den er seit über einem halben Jahrhundert auf die ewig ein Mädchen Gebliebene heftete. Wir hatten ihn vergessen, aber die Heirat hatte nicht der Krieg verhindert, selbst wenn der Verehrer ihn nicht überlebte, sondern der eigene Vater, der befand, dieser Herr in der prächtigen Paradeuniform sei nicht würdig, in das große Haus einzuziehen und hier mit seiner Pauline das Zimmer zu teilen. Oder befürchtete er, der Mann könnte seine Tochter zum Auszug bewegen? Jedenfalls verweigerte er die Zustimmung zur Verlobung, und dem Auserwählten fiel nichts Besseres ein, als seinen Qualen mit dem Heldentod ein Ende zu bereiten.

So hemmt man den Lauf eines Lebens im Augenblick des Abhebens. Wie bei diesen ersten Flugversuchen, als die Maschinen übers Gras holperten und bis zur maximalen, aber nicht ausreichenden Geschwindigkeit aufdrehten, doch dann, wenn sie die Nase anhoben, um in den Himmel zu stechen, begnügten sie sich mit einem kleinen Froschhüpfer und plumpsten gleich wieder zu Boden. Mit ihren Armen wie mit Flügeln schlagend, war auch Pauline auf ihre Liebe zugelaufen, doch am Ende der Piste stand der Vater, der sie anherrschte, sie solle aufhören mit diesen Kindereien und gefälligst nach Hause kommen. Zum Verrücktwerden. Sie wurde es nicht, oder nicht ganz, doch das Herz hatte Schaden genommen, und zusammen mit der Photographie schloß sie ihren Liebesschmerz in das Medaillon ein. Ich erinnere mich gut an die Tanten. Wie lieb war doch immer die Tante Marie, nicht die meines Mannes, sondern meine eigene, Paulines Schwester. Bei diesem Sturz ins Bodenlose nach Josephs Tod war das, wogegen ich am meisten ankämpfen mußte, gar nicht so sehr die Versuchung, Schluß zu machen, auch wenn ich mir nicht vorstellen konnte, wie man einen solchen Schmerz ein Jahr lang aushält, sondern der Ansturm der Erinnerungen. Ich hatte ihnen den Rücken gekehrt, als ich meinem Mann in unser neues Leben folgte. Aber dann, als der, für den ich alles aufgegeben hatte, mich allein ließ und den gesamten Kräftevorrat und alle Überlebensrationen mitnahm, überschwemmten sie mich förmlich, und in ihrer grausamen Deutlichkeit kamen sie mir völlig sinnlos vor, dabei hatte ich die ganzen siebzehn Jahre unseres gemeinsamen Lebens daran gearbeitet – wenn ich mir das Ergebnis ansah, kam es mir allerdings mager vor –, diesem Glück von einst einen neuen Sinn zu geben. Diese mitgebrachten Erinnerungen waren für mich stets eine Verpflichtung, ein anzustrebendes Ziel. Aber es bedurfte keiner hellseherischen Fähigkeiten, um nach der Tragödie zu begreifen, daß da etwas nie mehr stattfinden würde, und es war nicht Tränenseligkeit, was mich dies denken ließ, sondern die Einsicht, daß mir von nun an etwas Entscheidendes fehlte, um mein Ziel zu erreichen. Mit meiner Arbeitswut habe ich wahrscheinlich bei allen den Eindruck einer Flucht nach vorn erweckt, in Wirklichkeit war dieser große Laden, der bekanntlich auf die Aussteuer junger Heiratswilliger spezialisiert war, im Grunde das, was ich in meiner Einsamkeit wiederfinden wollte, indem ich den von den Schwiegereltern geerbten Engros-Handel zielstrebig zum Porzellanladen umwandelte. Zumindest auf diesem Gebiet habe ich wohl besser reüssiert als die Tanten.

Eines ist sicher, nämlich daß ich meinen Kindern immer abgeraten habe, den Laden zu übernehmen, und daß ich zu ihnen, ich weiß nicht, wie oft, sagte, ich wolle niemanden als Nachfolger, macht, was ihr wollt, alles, nur nicht den Laden, wobei alles, das war so dahingesagt, von ihm dachte ich, er wisse, wie man gegebenen Umständen gerecht wird, es muß doch möglich sein, daß man sich im Leben betätigt, ohne auf Kosten anderer Schlagzeilen zu machen. Sonst braucht man sich nicht zu wundern, wenn es dann Ärger gibt. Mich jedenfalls hat er in eine heikle Lage gebracht, indem er bestimmte Leute in ungünstigem Licht darstellte. Ich war ja allein in meinem Laden, und der Eintritt war frei für jedermann, keine schwarze Liste, kein Geheimcode, keine handverlesene Kundschaft. Und bei wem beschwerte man sich? Beschweren ist vielleicht zuviel gesagt, im großen und ganzen waren die Leute eher ein gutes Publikum, nach den üblichen Komplimenten, wie stolz ich sein müsse und so weiter, sagten sie zum Beispiel, ihnen habe die Passage über den Regen besonders gut gefallen, und ich finde auch, neben den Seiten, in denen es um die Flurbereinigung in der Bretagne geht, gehören sie wirklich zum Besten, was er gemacht hat. Seine Leser meinten das auch, und hätte auch nur die leiseste Hoffnung bestanden, daß er auf mich hört, so hätte ich ihm geraten, er solle sich auf Landschaftsschilderungen spezialisieren. Er hätte dann zum Beispiel Beiträge für Geographie-Zeitschriften schreiben können. Aber ich habe lieber geschwiegen, als mich anschnauzen zu lassen und seine schlechte Laune heraufzubeschwören. Denn mich stellt er so hin, als reagierte ich bei jedem kleinen Ärger mit Schmollmiene, verfinsterter Stirn und zusammengekniffenen Lippen, aber sein mürrisches Gesicht, das müßte man sehen können. Man kennt es nicht, weil er ein doppeltes Spiel spielt. In der Öffentlichkeit lächeln, zu Hause, na ja, ist schließlich mein Sohn, will nicht behaupten, er habe nicht auch seine guten Seiten. Aber warum mußte er überall nachgraben und nachbohren? Wen interessiert das denn, dieser alte Kram? Im übrigen meine ich, er sollte allmählich das Thema wechseln, die Familie endlich Familie sein lassen und anfangen, von was anderem zu erzählen. Außerdem gehen diese Dinge niemanden etwas an. Als er jene, na ja, alte Geschichte hervorholte, also daß mein Mann, gut, es ist wahr, vor mir verlobt gewesen ist, hat er die Folgen nicht bedacht, es hätte sehr übel ausgehen können. Aber in diesem Punkt habe ich ihm die Meinung gesagt. An einem Abend, am Telefon, mit unmißverständlichen Andeutungen, und zwar nach mehrwöchiger Funkstille, damit er wußte, was es geschlagen hatte. Es gibt schließlich Grenzen.

Emilienne, die blonde Verlobte, ist der Stein des Anstoßes. Wie hat sie sie erkannt? Außerdem wußte sie gar nicht, daß du im Bilde warst. Aber du bekommst die Bestätigung bald auch von deiner Mama selbst, die sich schon ausmalt, wie ihre alte Rivalin wütend in den Laden hereingestürzt kommt und einen Auftritt macht, die Regale umschmeißt, ihr ganze Gläsersets an den Kopf wirft, die Teller zu fliegenden Untertassen umfunktio-

niert, und inmitten der Scherben unseres schönen Geschirrs raufen und prügeln sich zwei siebzigjährige Damen um einen seit dreißig Jahren toten Mann, den sie sich vor fünfzig Jahren streitig gemacht haben. Jetzt ist es natürlich zu spät, um irgend etwas abzuändern, höchstens zwei oder drei Wörter, die aber die hübsche Vorgeschichte auch nicht ungeschehen machen können.

Sei's drum. Du wirst es das nächste Mal nicht besser machen. Bald wirst du nicht mehr unter ihrer Aufsicht arbeiten, du wirst sie in deinen Büchern auftreten lassen können, ohne fürchten zu müssen, bei ihr auf Widerspruch oder Schmollen zu stoßen. Denn bald wird sie deine Zeilen nicht mehr lesen, die bleiche kleine Gestalt, die unaufhaltsam blutleerer wird.

Es ist ein schwindelerregendes, fast unwirkliches Warten, ganz und gar auf diesen Moment ausgerichtet, an dem der Organismus Schluß! sagt, und man weiß nicht, warum es dieser Moment und nicht jener ist, aber man erwartet ihn mit großer Spannung, etwa so, wie man ein Ei beobachtet, das gleich aufbrechen wird, denn zerbrechen wird etwas, und bei diesem Warten auf das Unabwendbare wird die Aufmerksamkeit gefesselt vom heftigen, schnellen, heiseren Atem, der tief unten in der Kehle rasselt wie ein gefangener Wildbach, eine Art akustische Kontrolle, deren Auf und Ab man aufmerksam registriert. Wird er schwächer, stehen wir alle drei am Bett, setzt er ganz aus, beugen wir uns über die Sterbende. Ist das jetzt die erste Äußerung des Todes? Doch nein, das unheimliche Rasseln stockt nur, kommt einen Moment ins Stottern und setzt dann stärker als zuvor wieder ein, der Puls geht jagend wie bei einem Radrennfahrer, wenn er beim Anstieg zu einem der gefürchteten Pässe »hors catégorie« das Letzte aus sich herausholt, das Trikot aufreißt und alles, was nur irgendwie Luft bedeutet, in die Lungen zu pumpen versucht. Und unsere arme Mama, den Mund aufgerissen, daß es ihr fast die Kiefer ausrenkt, wodurch ihr ausgemergeltes Gesicht noch mehr einfällt und die Schädelknochen unter der durchscheinenden Haut hervortreten, man möchte kübelweise reine Luft über sie ausgießen, um das Versagen des Knochenmarks wettzumachen, Zukkungen wie unter einer Salve von Elektroschocks durchfahren den ganzen Körper, dazwischen Geräuschspitzen, daß man sich sagt, es müsse der allerletzte Seufzer sein, nach dem die Brust sich senkt und nicht mehr hebt, der Kopf auf die Seite fällt und es erschreckend still wird. Aber nein, diese unglaubliche Maschine Mensch läuft weiter, der Körper beginnt wieder sein frenetisches Geschüttel, und da ist es wohl gewesen, daß sich die unterschwellige Episode aufdrängte, die das von ihr handelnde Buch einleitet, denn, das wurde mir erst viel später bewußt, ich habe diesen Todeskampf deshalb nicht erzählt, weil ich ihn schon erzählt hatte. Die Frage, die fast im alten Wortsinn zur hochnotpeinlichen Befragung wurde, hat sich dadurch unmittelbar erledigt. Man kann sogar sagen, daß ich ziemlich schnell geredet habe. Nicht einen Absatz lang habe ich standgehalten. Schon der erste verriet alles, das Geständnis, das ganz dicke, das so Mühe gemacht hatte, war heraus. Wäre da einer von der harten Sorte gewesen, jemand wie Jean Moulin, der sich lieber von den Nazis zu Tode prügeln ließ, statt zu reden, dann hätte die Welt nie etwas erfahren. Ich hingegen rede schon nach drei Zeilen von diesem Golgotha der Tollwutkranken von einst, das sich von Anfang an aufdrängt als buchstäblich unabweisbare Wahrheit, und wozu es weiter verheimlichen, dieses Golgotha war das ihre.

Man schläft, aber es ist kein richtiges Schlafen. Es ist ein Rückzug ins tiefste Innere, sehr weit weg von der Welt, an einen Ort, wo sich das Leben einspinnt, wo es zusehends schrumpft, sich zu einem Punkt zusammenzieht wie das Universum am Anfang, wie das Universum am Ende, wo es sich auf einen winzigen Bewußtseinstropfen reduziert, so winzig, daß er beim ersten kalten Strahl sofort verdampfen würde, wo die Stimmen von anderen Galaxien zu kommen scheinen, fossile Wellen, die ein vages Echo früherer Gespräche erzeugen, wo die Töne von draußen überdeckt werden vom Höllenlärm, den das Herz verursacht, von diesem Getrommel, das dich im Eilmarsch zum Endpunkt hin treibt, zurück zum Leben vor dem Leben, als das Herz der Mutter friedvoll im flüssigen Raum den Zeittakt für alles künftige Leben angab, ein Takt, der jetzt zur Raserei wird, sich beschleunigt zum so infernalischen Galopp, daß er nur auf eine einzige Weise enden kann. Ein paarmal hat sich eine Krankenschwester über mich gebeugt und mir meinen Namen ins Ohr gebrüllt. Anfangs fuhr ich zusammen und antwortete mit der Beflissenheit eines ertappten Kindes, indem ich zusammenhanglose Silben stammelte, aber mehr wollte man gar nicht von mir, man wollte nur sehen, ob ich noch ansprechbar sei, also ließ ich mich wieder in meine tiefe Höhle absinken, nach einigen Stunden dann derselbe Lautbrei an meinem Ohr, aber er besagte immer weniger, denn was sollte dieser viel zu große Name für so wenig Leben? Dieser Name hat Fleisch und Blut bedeutet, Bewegung, eine Geschichte. Wenn eine Wasserperle auf dem ausgetrockneten Boden liegt, kann man das noch eine Oase nennen? Das ist dann bloß noch eine Wüste oder ein Erg, oder wie das in den Kreuzworträtseln heißt. Aber es ist nicht mehr dieser Ort des üppigen Wucherns, wo die verschiedensten Formen des Lebens aufeinandertrafen, wo ganz unerwartete Arten gedeihen und sich vermehren konnten. Ich gewöhnte mir bald an, nur noch mit einem Brummeln zu antworten, mit einem vagen Zittern der einfallenden Lippe, ich bedeutete den Leuten, sie sollten mich bitte in meinem Schlupfloch in Ruhe lassen und aufhören, mich wie ein kleines Mädchen anzubrüllen und zur Ordnung zu rufen. Mein ganzes Leben lang war ich ständig einsatzbereit, habe nur immer an meine Pflicht gedacht, auch wenn ich oft zu gar nichts verpflichtet war. Gönnt mir jetzt bitte ein einziges und letztes Mal, daß ich mich davonstehle. Erspart mir in meinem Zustand diesen mühsamen Anstieg an die Oberfläche. In der Schlußphase war ich übrigens so weit weg, so mikroskopisch klein in meiner Ferne, daß sich die Krankenschwester vergeblich abmühte, einen nutzlosen Funkkontakt zu mir herzustellen, ich stellte auf stumm, das Echo ihrer Stimme verlor sich in den Wanderdünen.

Besagter Abschnitt spielt auch nicht auf den Todeskampf der Tollwutkranken, sondern auf ihre Tötung an, die, wenn man so will, eine humanitäre Geste ist, aber nichtsdestoweniger das willentliche Beenden des Lebens eines Menschen, um sich selbst den Anblick seines Leidens und ihm die letzten Stationen seines Kreuzwegs zu ersparen, etwa so, als würde auf dem Weg nach Golgotha plötzlich ein Mann, eine mitfühlende Seele, aus der Menge heraustreten und dem Balkenträger ein Messer ins Herz stoßen, um ihm die äußerste Qual der Nägel zu ersparen, diese ausgesuchte Grausamkeit der Henker, die kalkuliert haben, daß der Gekreuzigte mit den durchbohrten Gliedern, der wie eine schwere Frucht an seinem stilisierten Baum hängt, sich an den Händen hochziehen oder auf den Füßen abstützen muß, um überhaupt atmen zu können, was ihn vor die Wahl stellt, entweder zu ersticken oder seine Wunden noch mehr aufzureißen, ein Spiel, das man offenbar nur begrenzte Zeit unterhaltsam fand, denn der Legionär bekam bald den Befehl, Schluß zu machen und den Gepeinigten die Beine zu brechen und dadurch die Luft abzuschneiden, oder, falls die Sache ausgestanden schien, mit einem Lanzenstich in die Seite sicherzustellen, daß der Mann wirklich mausetot war. Mord oder humanitäre Geste, sogar die Kirche war am Ende ihres Lateins und übersah geflissentlich die Ungereimtheit, daß bei den Tollwütigen eigenartigerweise die Todesursache Ersticken war, während sie gleichzeitig den Selbstmördern die letzte Ölung verweigerte. Man tat also besser daran, sich nicht selbst den Gnadenstoß zu geben, sondern andere machen zu lassen, einen gedungenen Mörder zum Beispiel. Aber der Mörder ließ sich nicht dingen, das heißt, die ganz junge Diensthabende im weißen Kittel weigerte sich, die Dosis Morphium zu spritzen, die unserer Sterbenden den Frieden gebracht hätte, und uns gegenüber, die wir sie anflehten, begründete sie es damit, daß es zum Herzstillstand führen könne, was als Logik momentan höchst seltsam wirkte und unter anderen, weniger tragischen Umständen eine bissige Bemerkung nach sich gezogen hätte in der Art, der Witz sei wirklich gut, der beste seit langem, ja, man hätte die Widerspenstige beim weißen Kragen packen und sie zur Sterbenden ans Bett schleppen mögen, sie solle sich bitte diesen armen Körper in Todesängsten anschauen und gefälligst überlegen, was sie täte, wenn, aber sie hatte schon vor der Situation gestanden, sie auch, vor wenigen Monaten und ebenfalls bei ihrer Mutter, was unser Auftrumpfen ins Leere gehen ließ und uns die Überlegenheit nahm. Aus dem, was sie uns auseinanderzusetzen versuchte, begriffen wir, daß das nicht ihre Aufgabe sein konnte, und es stimmt, wir hätten es noch viel seltsamer gefunden, wenn eine solche Frau mit der Spritze in der Hand von Zimmer zu Zimmer gegangen wäre und von sich aus angeboten hätte, dem Schicksal ein wenig nachzuhelfen, gern, machen wir, oder mit dem routinierten Griff, mit dem man beim Verlassen des Raums das Licht ausmacht, diesen oder jenen Kranken von den Apparaten getrennt hätte, die Kreuzchen auf ihrer Liste zählend: achtzehn Erlöste heute vormittag. Vor allem war sie nicht dazu da, auf ihre Schultern zu nehmen, was wir zu schwer fanden und gern auf sie abgeladen hätten, nämlich den herzzerreißenden Anblick dessen, was einst unsere Mutter gewesen und jetzt nur noch eine zitternde Falte im Laken war, wir konnten es nicht mehr ertragen, dieses Zucken des Körpers, dieses Rasseln des Atems, dieses Rasen des Herzschlags, und dabei uneingestanden dieser Wunsch, ihr das Kissen unter dem Kopf wegzuziehen und es ihr mit einem Schluchzer aufs Gesicht zu pressen, als gälte es, in dieser Daunenglocke ihre Totenmaske zu formen.

Es ist sicherlich beeindruckend, doch von innen her erlebt man die Sache anders. Wobei erleben so dahingesagt ist. Es leben ja nur noch die paar als vital bezeichneten Organe, die fleißig weiterfunktionieren, ohne daß man wüßte, was sie antreibt, vielleicht haben sie irgendwelche Durchhalteparolen, nur kann man das fünf Minuten vor dem Tod nicht mehr so richtig genießen. Was aber auch schon kaum mehr zählte, denn zum ersten Mal seit Wochen war ich allein im Zimmer. Die Kinder hatten beschlossen, alle drei gemeinsam essen zu gehen, anstatt sich abzuwechseln und zu riskieren, daß eines beim letzten Atemzug dem anderen nicht hätte beistehen können. Wäre ich dazu noch fähig gewesen, hätte ich gesagt, ja, tut das, macht euch keine Sorgen um mich, bei mir ist alles bestens, Hauptsache, ihr seid zusammen. Wahrscheinlich brauchten sie auch eine Verschnaufpause, sie hatten ja zwei Tage lang ununterbrochen an meinem Bett gewacht. Es war sehr lange her, daß wir alle vier um ein Bett herum versammelt waren. Zuletzt war es beim Tod ihres Vaters gewesen, als ich sie am Ende der Nacht alle ins Zimmer zur Straße hin holte und wir uns zu viert mit unserem Schmerz unter einer Bettdecke zusammendrängten. Tante Marie hatte uns beim Leichnam abgelöst und ihren Gebetsmarathon allein fortgesetzt. Ob sie auch zu Pater Brottier gebetet hat? Er gehörte zu den Fürsprechern, von denen sie am meisten hielt. Wahrscheinlich schon seit jener Zeit zu Beginn des Zweiten Weltkriegs, als Joseph innerhalb eines Jahres Mutter und Vater verlor und ganz allein dastand, als Angehörige gerade noch eine Tante und einen Cousin. Da hatte sie vermutlich in einem Stapel von Andachtsbildchen nach einem zur Notlage ihres Neffen passenden Gebet gesucht, um ihn unter den Schutz eines ihrer Lieblingsheiligen zu stellen. Aber es wollte wohl keiner so recht passen, und so mußte eben der Gründer der *Orphelins Apprentis d'Auteuil* einspringen, der trotz seines in zwei Spitzen auslaufenden schlohweißen Patriarchenbartes nicht zur Ehre der Altäre gelangt war. Er war sozusagen ein Undiplomierter, weder heilig- noch seliggesprochen, nicht einmal inoffiziell selig. Aber damals, als wir noch regelmäßig unser Nachtgebet gemeinsam mit den Kindern sprachen, hatte mich die Tante dazu überredet, eine Fürbitte an diesen Mann hinzuzufügen, der sich hingebungsvoll um das Los der Vollwaisen gekümmert hatte, was eine grausame Vorahnung war, wenn man das weitere Geschehen und jene tragische Dezembernacht bedenkt. Mich wundert, daß mein Sohn das Reliquienkästchen nicht erwähnt hat, das man aufklappen konnte wie ein kleines Buch, im Innern links ein Photo von Pater Brottier, der mit seinem weißen Bürstenhaar dem Marschall Joffre ähnelt, und rechts unter einer fünfcentimestückgroßen Zellophanscheibe ein winziges weißes Stoffviereck, *mit dem Pater in Berührung gebracht*. Auf der Rückseite die Danksagung desselben: *Ich gedenke immerdar der Wohltäter meiner Waisen.*

Jetzt aber mußten wir uns trennen. Vor dem Weggehen beugten sie sich nacheinander zu mir herunter, so wie ich es früher beim Gutenachtsagen tat, sie gaben mir einen Kuß, meine Töchter streichelten mir lange die Stirn, mein Sohn versuchte, mir etwas ins Ohr zu sagen. Den Sinn verstand ich nicht richtig, aber zwischen uns hat es mit dem Verstehen immer gehapert. Wie schwer es uns beiden doch fiel, uns etwas anzuvertrauen und unverkrampft miteinander umzugehen. Einige Zeit vorher hatte ich folgendes Briefchen geschrieben, der Entwurf fand sich in meinen Papieren, das Original ging in den Süden:

An die ganze Familie

Ihr wißt, warum ich nicht mit Euch zusammensein kann, aber es drängt mich, Euch mitzuteilen, wie sehr ich mit Euch mitfühle. Ich finde die Worte nicht, die Euren Schmerz lindern könnten, nur die Zeit wird ihn, so hoffe ich, besänftigen. Wißt, daß ich mit ganzem Herzen bei Euch bin, und glaubt mir, es ist ehrlich, wenn ich sage, daß ich Euch alle sehr mag.

Adieu, Philippe, Du warst mir sehr teuer.

Herzlich die Eure

Tante Annick

Es war für niemand ein Geheimnis, warum ich nicht dort sein konnte, als der Schicksalsschlag, den ein absurder Zufall verursacht hatte, sie traf. Durch die Krankheit und die Therapien war ich für eine so weite Reise viel zu geschwächt, jede Untersuchung ergab eine weitere, schwindelerregende Abnahme der roten Blutkörperchen, während sich gleichzeitig die weißen explosionsartig vermehrten, mit Dreisatzrechnungen überschlug ich meine Lebenserwartung bis zur nächsten Woche, meine Ansprüche wurden immer bescheidener, ich freute mich über Befunde, die eigentlich miserabel waren und mich wenige Monate zuvor entsetzt hätten, und selbst den Zahlenspielen auf meinem Taschenrechner konnte ich etwas abgewinnen, weil dabei manchmal ein paar zusätzliche Tage heraussprangen. Und jetzt das. Armer Philippe. Hätte man gewettet, wer von den beiden zuerst gehen müßte, er dreiundvierzig, ich dreißig Jahre älter mit einer prognostizierten Lebenserwartung von gerade mal ein paar Monaten. Keiner hat eben an diese Hilfsbereitschaft meines Neffen und seines Cousins gedacht, die auf einer Piste an der mauretanischen Küste anhielten, um ein steckengebliebenes Auto aus dem Sand zu ziehen, nachdem dreißig andere Fahrzeuge einfach vorbeigefahren waren, ohne auch nur das Tempo zu drosseln, und dann, als das Abschleppseil zum Zerreißen gespannt war und die Räder durchdrehten, was war unter dem Sand? eine Tretmine. Adieu, Philippe, adieu, Régis, der einen Monat lang seinen verbrannten Körper erdulden mußte, bevor er seinem Samaritergefährten nachfolgte, während ich, die Befristete, mich von zwei Kindern, die eigenen empfindet man ja immer als Kinder, auf Händen über die Ziellinie tragen lasse. Nach diesem unfaßbaren Drama bist du also selbst an der Reihe, und du hast das Gefühl, daß du für nichts und wieder nichts stirbst, denn dein Tod bringt sie auch nicht zurück. Aber dieses Sätzchen, das du jemandem hinterherschreibst, der nicht mehr ist, *Adieu, Philippe,* diese Vergangenheitsform: *Du warst mir sehr teuer,* die für ihn und für mich gleichzeitig zu gelten scheint, während sich der Rest des Briefchens an die Lebenden wendet, da muß ich geistig schon halb im Totenreich gewesen sein. Hätte ich *Bis bald* geschrieben, wenn ich fest an die Auferstehung geglaubt hätte? oder bedeutete mein *Adieu* soviel wie: so Gott will, man kann ja nie wissen? Man ist sehr schwankend in diesen Augenblicken. Man möchte sich ein Türchen offenhalten. Es stimmt, als ich einmal mit meiner Schwester Claire, die mich auf dem sonntäglichen

Gang zum Friedhof begleitete, vor dem Grab meines Mannes stand und vom Tod als Geheimnis sprach, da habe ich ihr gestanden, für mich gebe es danach nichts mehr. Wahr ist auch, daß ich ins Beten keine Hoffnung mehr setzte, ich dachte längst nicht mehr daran. Aber wenn das Ende naht, verlieren sich die Gewißheiten. Man hat so stark und so tief das Gefühl, man werde jetzt die wiedersehen, die vor uns gegangen sind. Sie erscheinen einem immer gegenwärtiger, immer näher, fast in Rufweite. Man könnte schwören, daß man ganz nahe daran ist, den abgerissenen Gesprächsfaden wieder aufnehmen zu können. Was ist also das Problem? Man müßte sich doch freuen wie auf ein Wiedersehen mit der Familie oder Freunden. Das Problem liegt schlicht darin, daß man sich überhaupt nicht vorstellen kann, diese Welt zu verlassen, weil man nichts anderes kennt, weil man überhaupt nicht weiß, was danach kommt. Man hat zwar ein untrügliches Anzeichen vor Augen, diesen Körper nämlich, der zu nichts mehr taugt, der nicht mehr auf den Füßen stehen, nicht mehr den Kopf und bald auch die Lider nicht mehr heben kann, aber man will es einfach nicht wahrhaben. Was das Problem ist? Das Sterben. Es ist unsinnig.

Aber wenn ich diesen Brief jetzt mit etwas Abstand wieder lese, wird mir deutlich, wie sehr ich immer fürchtete, meine Gefühle nicht ausdrücken zu können und dadurch den Eindruck zu erwekken, ich hätte überhaupt keine. *Glaubt mir, es ist ehrlich, wenn ich sage, daß ich Euch alle sehr mag.* Eigentlich hätte es doch genügt zu sagen *Ich mag Euch alle sehr.* Warum denn die Ehrlichkeit so hervorkehren und auf diese Weise am Ende noch als unehrlich gelten? Es sei denn, man weiß selbst nicht, wie weit man zur Liebe fähig ist. Was nicht heißen muß, daß man sich dazu ganz unfähig fühlt. Es heißt nur, daß es eine große Anmaßung ist, im Namen der Liebe sprechen zu wollen. Wenn man bescheiden ist, tut man nicht so, als verkörpere man persönlich ein so starkes Gefühl. *Glaubt mir, es ist ehrlich* war so zu verstehen: Was ich empfinde, scheint mir Liebe zu sein, aber vielleicht habt ihr eine so hohe Vorstellung davon, daß euch das, was ihr wahrnehmt, als ziemlich dürftig vorkommt. Aber liebt derjenige besser und stärker, der seine Gefühle zur Schau stellt? Hat er mehr Liebe zu geben? Wenn meine Kinder nach Hause kamen, sie, die meine Gedanken auch dann noch von früh bis spät fesselten, als sie schon fort waren, lief ich immer beim ersten Ton der Ladenklingel zur Tür, auf die Zehenspitzen gestellt drückte ich sie zur Begrüßung einen Augenblick lang an mich und gab ihnen einen Kuß auf die Wange, der etwas inniger war als seinerzeit der kurze Gutenachtkuß. Für mich war das soviel wie ein langes Umarmen. Mit diesem Mehr an Gefühlsäußerung wollte ich ihnen zu verstehen geben, wie glücklich ich über das Wiedersehen war, wie sehr sie mir, obwohl ich das nie herauskehrte, gefehlt hatten, und dann sagte ich immer gleich, es sei alles für sie bereit, und zur Essenszeit müßten sie nur die Füße unter den Tisch strecken, es gebe dieses oder jenes, was sie besonders mochten, zum Beispiel kleine Langusten der Saison, nicht diese gummiartigen Meeresfrüchte aus der Tiefkühltruhe, sondern lebend gekaufte, die im Kochtopf zappeln und erröten und weißes, korallenrot geädertes Fleisch von zarter Konsistenz haben, und ich überließ ihnen meinen Anteil mit der Begründung, im Gegensatz zu ihnen stehe es mir ja frei, so etwas nach Lust und Laune das ganze Jahr zu essen, was sie zum geflügelten Wort machten und neckisch im Chor vortrugen, bevor ich mich weigern konnte, mich ein zweites Mal zu bedienen. Ich nahm es nicht krumm. Alle verstanden es so, daß dieser Anteil eben der Anteil meiner Liebe war und daß diese Liebe ebenso in das Gericht einging wie meine Kunst der Saucenzubereitung.

Stürmisches Umarmen, Abküssen, Überhäufen mit Kosenamen und niedlichen Verkleinerungsformen, das war nicht meine Art. Dieses *Tante Annick* hingegen, das nicht nur meinem Neffen, sondern der ganzen Familie galt, war das, was mich in meinen Augen am besten kennzeichnete. Es kam vor, daß ich mich von jungen Menschen, obwohl sie weder Neffe noch Nichte waren, so anreden ließ, weil das *Madame* aus der Mode gekommen war und ich niemandem gestattete, mich mit dem bloßen Vornamen anzusprechen, es sei denn, er habe mich schon als Kind gekannt. Ich selbst duzte auch nur Kinder. Höflichkeitsanrede für alle. Und in *Tante Annick* lag genau diese Mischung aus Zuneigung und Distanz. Bei meinen Kindern, wenn ich ihnen beispielsweise zum Geburtstag, den ich nie vergaß, eine Karte schickte, schloß ich mit der Formel: *Eure Mama, die Euch umarmt, ganz fest*, und dieses Umdrehen der normalen Wortstellung, die lauten würde, *die Euch ganz fest umarmt*, dieses Nachklappen entstand, ich weiß nicht, wie, ganz spontan beim Schreiben. Vielleicht brach hier der innere Phantasiemensch durch, den ich nie ganz zügeln konnte und der sich in meinem geordneten Leben durch winzige Verstöße gegen die Norm wie beispielsweise diesen Purzelbaum in der Schlußformel Geltung verschaffte, es war wie bei einem Komiker, der eine ernste Rolle spielt und sofort, wenn die Szene abgedreht ist, einen übermütigen Tanzschritt machen muß. Vielleicht sollte man in dieser Stilfigur auch einen literarischen Keim sehen, der sich bei jemand anders entwickeln konnte. Dann würde es mich gleich weniger wundern. Nicht daß ich jetzt behaupten möchte, ich hätte sein Schriftstellertalent, obwohl ich mich schon immer gefragt habe, wie es überhaupt dazu kommen konnte, zu dieser Geschichte, aber ich kann durch dieses *die Euch umarmt, ganz fest* besser verstehen, wie diese Bewegung zustande kommt, dieser Antrieb, Sätze zu drehen und zu wenden wie Hemdenkragen, deren Innenseite man nach außen kehrt, damit sie länger halten oder wie neu aussehen, wohingegen *die Euch ganz fest umarmt* eine Floskel ist, auf die man gar keine Antwort erwartet.

Eigenartigerweise war die Kommunikation über Umwege das, was am besten funktionierte. In der Schlußphase ließ er mir Botschaften durch die Presse zukommen. Zum Beispiel durch dieses Interview, das er der *Witwenzeitung* gab und in dem er ganz schlicht erzählte, was für ihn der frühe Verlust des Vaters bedeutet habe, mich hat das viel stärker berührt als seine Bücher.

Diesen Mangel an Natürlichkeit hat sie mir oft genug vorgehalten. Als ich ihr den letzten Kuß aufdrückte, hätte ich gern alle diese Mißverständnisse zwischen uns mit einem Wort aus der Welt geschafft. Ich habe zu ihr gesagt, daß ich sie sehr liebe. Das Gefühl, glaube ich, stimmte, aber die Formulierung ließ zu wünschen übrig, oder vielmehr der Ton. Vielleicht war es einfach schlecht vorgebracht, es kann also sein, daß sie es mir nicht geglaubt hat. Man kann auch nicht sagen, daß ihr Beispiel eine gute Schule war. Wenn sie ein Gefühl auf Kommando äußern wollte, hatte sie die Tendenz, des Guten zuviel zu tun. Was nicht heißen soll, daß sie heuchelte. Es war wohl nur die Furcht, sich nicht deutlich genug zu äußern oder gar den

Eindruck von Gefühlskälte zu vermitteln. Als sie zur Ärztin sagte: *Frau Doktor, schaffen Sie das bei mir,* war das ganz sie, dieses Flehen im Blick und trotz allem lächeln wollen. Weil sie nie klagte, und weil deshalb auch niemandem auffiel, wie furchtbar sie litt, bettelte sie von Zeit zu Zeit linkisch um ein wenig Mitleid. Angesichts des krassen Mißverhältnisses zwischen dem, was sie zu erdulden hatte, und dem, was sie nach außen dringen ließ, dachte sie wohl in manchen Augenblicken, sie habe einen Anspruch darauf, und ein Luxus sei es wahrlich nicht. Womit sie recht hatte. Bemitleidet wird nur, wer sich selbst bemitleidet. Wer absolute Zurückhaltung übt, verurteilt sich dazu, allein zu sterben. Und wirklich hat sie unsere kurze Abwesenheit ausgenützt, um uns den Augenblick des letzten Atemzugs zu ersparen. Wir kannten sie, und deshalb sind wir überzeugt, daß sie selbst es so gewollt hat.

Es war der richtige Moment, um zu sterben. In den dreiunddreißig Jahren Einsamkeit hatte ich mir angewöhnt, mich den Blicken anderer zu entziehen. Niemand war Zeuge dieser tausend und abertausend Abende, an denen mir nur die Stimmen des Fernsehers Gesellschaft leisteten, während ich am Küchentisch saß und meine Buchhaltung machte. Niemand kann sagen, ob ich mir nicht jedesmal zwischen zwei Zahlenkolonnen die Tränen abwischte. Niemand war eingeweiht in meine Träume, denn man soll nicht glauben, daß man nach dem Tod des Ehemannes keine Träume mehr hat. Niemand kann diese Augenblicke der Mutlosigkeit, der unterdrückten Wut, der Verlassenheit beschreiben, wenn mir die Sinnlosigkeit meiner Situation so schmerzlich bewußt wurde, daß nur der Gedanke an die Kinder mich zum Weitermachen bewegen konnte. Halt, doch, es gab doch Zeugen. Nacheinander zwei Hunde und eine Katze. Ich erinnere mich, daß Pyrex, der kleine schwarzweiße Rattenfängerhund, den mein Mann von ich weiß nicht woher nach Hause gebracht hatte, zu mir kam, als ich nach der Tragödie allein in einer Ecke der Küche auf einem Stuhl saß und weinte, mir winselnd beide Vorderpfoten auf die Knie legte und so lange kratzte, bis ich ihn anschaute und ihm zur Belohnung ein paarmal über die Schädeldecke strich. Sein Nachfolger, mein braver Platon, potthäßlich mit seinem Wildschweinborstenfell, ein Kläffer und Angeber, der nicht mehr zu halten war, sobald eine Hündin seine Dienste zu erwarten schien, mit unglaublicher Geduld konnte er stundenlang hinter einem Zaun ausharren, wodurch er schließlich seine Konkurrenten ausstach und die Gunst der Angebeteten erlangte, aber daß ich ihn einen Moment allein gelassen hätte, und sei es auch nur kurz zum Einkaufen, das wollte er nicht akzeptieren. Und meine kleine Katze, für die war mein Kranksein ein Geschenk des Himmels, denn kaum war ich im Bett, lag sie auch schon zusammengerollt auf einem Tuch, das ich ihr am Fußende ausgebreitet hatte, um den gesteppten Überwurf zu schonen. Diese Tiere waren meine heimlichen Gesprächspartner während der dreiunddreißig Jahre. Die Unterhaltung war entsprechend eingeschränkt, sie war stets auf etwas reduziert wie: Armer Hund, was bist du dumm.

In den Stunden der großen Einsamkeit wanderten meine Gedanken zu den Kindern. Ich malte mir aus, was sie dort, wo sie lebten, gerade taten. Ich glaube nicht an solche Dinge, an die Tante Marie glaubte, aber wenn mein Sohn früh aufstand, um in der Kälte seine Zeitungen zu verkaufen, hätte ich am liebsten, wie die kleine Theresia von Lisieux, die trotz ihres schlimmen Rheumas für einen Missionar auf den Beinen war, meinen Wecker auf ganz früh gestellt und den winterlichen Wind durchs offene Fenster hereingelassen. Und sie sollten das auch erfahren, weshalb ich ihnen über die Gespräche berichtete, die ich mit Monsieur XY oder Madame Sowieso hatte und in denen ich die Ansicht vertrat, daß alles, was ich getan habe, Weiterleben vor allem, für meine Kinder gewesen sei, daß ich ohne sie nicht die nötige Kraft gefunden hätte, um weiterzumachen. Ich glaube, ich darf sagen, mehr hätte ich im Rahmen meiner Möglichkeiten nicht tun können. Noch mehr, das wäre nicht mehr ich gewesen. Ich war genau diejenige, die wartete, bis die Kinder aus dem Zimmer waren, um ihnen den furchtbaren Augenblick des Todes zu ersparen. So werden sie nie wissen, ob meine letzte Lebensäußerung nicht ein Schrei gewesen ist. Als sie mir den Rücken zuwandten, ergriff ich die Gelegenheit und beschleunigte den Verfallsprozeß des Organismus. Kaum waren sie zur Tür hinaus, sackte mein Blutdruck ab, die Krankenschwester, die kam, als sie gegangen waren, hat es gemessen. Dann wurde das Herz langsamer, wie ein erschöpfter Radrennfahrer. Ich war allein. Das Pflegepersonal würde erst in einer Stunde wieder vorbeischauen. Alles ist dann sehr schnell gegangen, das Leben wie ein dürrer Zweig abgebrochen, das Bewußtsein wie Tau verdunstet. Von Dauer ist ohnehin nur wenig, da kann man tun, was man will. Und selbst dieses Wenige, was besagt es schon? Gibt uns etwa ein Fußabdruck im Sand Auskunft über die Augenfarbe des Spaziergängers? Verrät er uns, was dessen Gefühle waren, als er am Meer entlangging? Ob er die gute Luft suchte? die Einsamkeit? das Einssein mit den Elementen? Was kann man daraus schließen, daß er hier offenbar stehengeblieben ist? Daß er einem Boot nachblickte? oder einer Möwe bei ihrem Segelflug? oder hat er, weil ein kalter Wind ging, die Hosenbeine heruntergerollt, die er vorher hochgekrempelt hatte, um sich nicht naß zu machen? Hat ihm jemand aus der Ferne etwas zugerufen? Hat er einen besonders interessanten Stein entdeckt, sich gebückt, ihn aufgehoben und in der Hand rollen lassen? oder eine Muschel? oder eine scharfkantige Glasscherbe, die er weit hinaus ins Wasser warf, damit sich kein Kind daran den Fuß verletzen konnte? Zu wem ließ er seine Träume schweifen? Also, was wißt ihr von mir? Von diesem in vierundsiebzig Jahren abgespulten Gedankenfaden? Doch nur, was ich euch sehen ließ. Aber war das wirklich ich? vollkommen ich? oder nur teilweise ich? Ihr wart der Meinung, daß ich liebenswürdig, redselig, gewissenhaft, ehrlich, verständnisvoll, lachlustig, mitfühlend, tapfer, bescheiden, eigensinnig, umtriebig, unsystematisch gewesen bin, daß ich für euch nach besten Kräften gesorgt, mich krumm geschuftet, mir als Gewinn nur das Minimum genehmigt habe, um den Fortbestand des Ladens und meinen eigenen Lebensunterhalt zu sichern, daß ich meine drei Kinder allein aufgezogen habe, was eine schlechte Mutter meistenteils nicht tut, all das werdet ihr also mit mir verbinden. Belassen wir es dabei. Ich habe mein Leben gelebt, und glaubt mir, daß ich mein Bestes gab. Meine geheimen Wünsche werdet ihr nie kennen. Adieu, liebe Kinderchen, ich bin nicht mehr von dieser Welt, seid umarmt, ganz fest. Eure euch liebende Mutter.

Das Danach beginnt, als ihr die Tür ihres Zimmers aufstoßt und überrascht seid von der Stille, die jetzt herrscht, während es wenige Augenblicke zuvor erfüllt war vom erschreckend heiseren Röcheln der Sterbenden, das so schnell ging, daß es dir unmöglich war, deinen Atemrhythmus dem ihren anzugleichen. Danach hörst du, wie angesichts dieser großen Stille, dieses reglosen Körpers, der bereits das spöttische, dem altbekannten gar nicht so unähnliche Grinsen der Leichen angenommen hat, deine Schwester verblüfft verkündet: Sie ist tot, als hätten wir uns an diesen Todeskampf gewöhnt und als sollte er nie enden, als wäre für uns diese Minimalgegenwart annehmbar, vertraut geworden, als hätte es bei unseren bescheidenen Ansprüchen keinen Grund gegeben, sie uns auch noch wegzunehmen. Und wir begreifen, daß unsere verstorbene Mutter unsere kurze Abwesenheit wahrgenommen hat, um uns diesen letzten Atemzug nicht miterleben zu lassen. Aber das ist normal, das ist sie, bis zum Schluß: Macht keine Umstände meinetwegen, liebe Kinderchen.

II

Vorbereitung der Trauerzeremonie, Behördengänge, Todesanzeige nehmen dich gleich in Beschlag, für die Trauer bleibt kaum Zeit. Schon am nächsten Tag wanderst du durch eine seltsame Ausstellung mit einer reichhaltigen Kollektion von Särgen, die teils waagerecht auf Böcken ruhen, teils schräg an der Wand lehnen. Zwischen Lachanfall und Weinkrampf schwankend, zwingst du dich zu höflichem Interesse für die Darlegungen des Verkäufers, der die Pietät wahrt, aber auch Umsatz machen muß, weshalb er eher diese Ausführung empfiehlt als jene, obwohl auch eine gute Wahl, ja, etwas schlichter, garantiert Eiche massiv, und der sich zu benehmen weiß, weshalb er sich nicht zwecks Demonstration des Liegekomforts in jenen dort, der mit violettem Samt ausgeschlagen ist, hineinlegt, oder diesen hier an den Messinggriffen packt und damit wirbt, die würden eine Leiche von dreihundert Kilo aushalten. Als nächstes dann die Besprechung einiger Punkte der Begräbnisfeier mit dem Verantwortlichen der Pfarrgemeinde, der uns in seinem Haus empfing, das nicht mehr das von früher war, das mit dem Pfarrgarten, den vorbeihuschenden Vikaren in Soutane und den von treusorgenden Haushälterinnen gebohnerten Holzböden, sondern ein ödes, modernes Gebäude in der Art der Einfamilienhäuser in Neubaugebieten, Glasfront mit Aussicht auf nichts, eine Fläche des Schieferdachs bis zum Boden hinuntergezogen, um sich vom Nachbarn zu unterscheiden. Wir kamen mit dem Wunsch unserer Verstorbenen, einem der seltenen Wünsche, die sie zeit ihres Lebens uns gegenüber geäußert hat, ein anderer galt einer nie angetretenen Korsika-Reise, und legten ihn einleitend dar: Bei ihrer Totenmesse wollte sie nicht dieses Gepredige, das sie als unerquicklich und unecht empfand und das gewiß auch ihre Skepsis vermehrt hatte, sondern ausschließlich Musik, die sie als der Meditation viel zuträglicher erachtete, sonst nichts, kein Wort, der Priester könne ja nebenher seine stille Messe murmeln, möge aber bitte nicht mit Aufforderungen zum Stehen, Beten, Singen, Antworten diesen Dämmerzustand des Trauerns inmitten der himmlischen Stimmen unterbrechen, solches Begehren also unterbreiteten wir diplomatisch und unter Wahrung der Form, um den Mann des Wortes nicht zu brüskieren. Doch der Wunsch mochte noch so elementar sein, man gestattete uns nicht, ihn zu erfüllen, da er nicht aufgeführt war im Verzeichnis der Gestaltungsmöglichkeiten, das man uns darbot, als wär's eine Speisekarte, eklektisch und kunterbunt, für jeden Geschmack etwas und für jede Gläubigkeit, von der strengsten bis zur laschesten, mit einer Sammlung von Texten, die vom heiligen Johannes vom Kreuz über Péguy, Déroulède und Frank Sinatra bis zu einer Märtyrernonne aus Ruanda reichte und aus der wir einen auszuwählen gebeten wurden, außerdem möchten wir bitte dem Zelebranten einige Angaben über die Dahingeschiedene machen, er würde sie dann in seine Ansprache einfließen lassen. Besagter teilte uns sodann mit, aufgrund der Arbeitsüberlastung durch die drei Dutzend Pfarreien, die er im Umland zu betreuen habe, ende sein Amt neuerdings an der Kirchentür, draußen müßten wir allein von unserer Mutter Abschied nehmen, ohne ein Wort des Trostes im Augenblick des endgültigen Entschwindens beim Herablassen des Sarges, was darauf hinauslief, eine Tote im Stich zu lassen, die hilfloser ist als ein kleines Kind, anderswo hätte das den Tatbestand der unterlassenen Hilfeleistung erfüllt. Und nicht nur eine Tote, sondern auch die Hinterbliebenen, die sich, nachdem sie lange in einer Reihe angestanden und eine Handvoll Erde auf den Sarg geworfen hätten, mit gesenktem Kopf entfernen und mit gemessenen, im Kies knirschenden Schritten schweigend dem Friedhofausgang zustreben würden, wonach sie in Gruppen zusammenstünden, um sich über die Verstorbene zu unterhalten. Diese Menschen wollen nicht an Märchen glauben, wollen auch nicht den Finger in Seine Seite legen oder gar Gewißheit über das Jenseits erhalten. Aber sprecht wenigstens ein Wort, das nicht mit dem absoluten Nichts endet, das eine winzige Chance läßt, nicht unbedingt für die Hoffnung, bloß für eine poetische Erkenntnis, die so gewunden und irritierend sein kann wie diese: *weshalb die Vorstellung, daß Bergotte nicht für immer tot sei, ohne Unwahrscheinlichkeit ist.*

Uns erschien es ungerecht ihr gegenüber, daß sie sozusagen zur Seitentür hinaus mußte, wir hätten ihr ein Ehrenspalier entlang ihrer *via dolorosa* gewünscht, etwa so, wie wenn die Jägerfreunde des Bräutigams auf dem Kirchplatz vor dem Hauptportal mit ihren Jagdhörnern einen Tunnel über dem Hochzeitspaar bilden, oder die Fußballer mit ihren Bällen, für unsere Geschäftsfrau wäre eine lange Schleuse aus Porzellan und Kristallglas angemessen gewesen, gebildet von den Tausenden und Abertausenden, die bei ihr eine Hochzeits-Wunschliste ausgelegt hatten. Deshalb ersatzweise der Gedanke, eine kurze Lobrede auf unsere wackere Heldin zu schreiben, ein Tunnel aus Wind meinetwegen, aber Hauptsache, es geht nicht so husch, husch, mit der Absicht, sie denen vorzutragen, die sich, weil sie von ihrer langjährigen Gefährtin nicht so schnell loskommen und von ihr einen letzten Rat für ein Geschenk in letzter Minute erhoffen, dem Zug anschließen würden, der langsam und schweigend jenen Weg durch das Städtchen zum ummauerten Friedhof nähme, den sie dreiunddreißig Jahre lang jeden Sonntagnachmittag gegangen ist.

Um sie in ihrer besten Zeit zu sehen, brauchte man sich nur zu erinnern, wie sie in ihrem Laden stand, in diesem Laden, der Schauplatz ihrer Ruhmestaten war und zugleich Befehlsstand, von dem aus sie den alles niederwalzenden Divisionen der großen Handelsketten trotzte, die auf riesigen, schreierischen Reklametafeln an den Ausfallsstraßen der Städte das große Zerschlagen, Zermalmen, Zertrümmern und Zerbomben ankündigten, als ginge es um einen neuen und vernichtenden Kreuzzug, einen heiligen Krieg gegen die Preise, und sich als ritterliche Beschützer der schmalen Börsen gebärdeten, als tollkühne Vandalen, die der Armut die Dividenden eines noch größeren Elends versprachen, in ganzen Horden fielen sie ein, und unsere Mutter verteidigte mit den Waffen der Freundlichkeit und des spöttischen Lachens ihr Fleckchen heile Welt, denn das ist das Schönste, was man über sie sagen kann, das, woran ihr lag, wobei ihre Erfolge als nicht unterzukriegende Geschäftsfrau noch übertroffen werden von dieser Liebe, die sie in dreiunddreißig Jahren ununterbrochener Präsenz bewiesen hatte, wenn sie, auf den Armen Kartons, dreimal so groß wie sie, immer noch ein gutes Wort übrig hatte für den, der zur Tür hereinkam und sich wunderte über so viel geballte Kraft in einer so kleinen Frau. *Cher Monsieur, ich komme ab und zu nach Campbon, und jedesmal empfinde ich eine gewisse Wehmut, wenn ich vor dem für immer geschlossenen Laden stehe. Es war ein solches Vergnügen, hereinzukommen, mit einem Lächeln und einem freundlichen Wort empfangen zu werden und sich dann in dieser Ali-Baba-Höhle genüßlich umzuschauen. Ihre Mutter war auf ihre Art auch eine Dichterin. War das Verkaufen wirklich das, was sie bezweckte? Zudem hatte sie nicht wenig Humor. Einmal kniete sie neben einem Karton, den sie öffnete, und sagte augenzwinkernd zu mir: »Wissen Sie, hier knie ich häufiger als gegenüber«, und deutete auf die Kirche. Sie erkundigte sich besorgt nach meiner kranken Schwester und meiner alten Mutter, empörte sich über die Preise bestimmter Waren und die Unterbezahlung der Menschen, die sie herstellten. Die Erinnerungen kommen mir zuhauf. Viele andere, die bei Ihrer Mutter eingekauft haben, würden mir sicherlich zustimmen, und es ist wirklich so, die Beziehung, die entstand, war eher herzlich als geschäftlich.*

Ihre Getreuen bildeten einen Kreis um den Sarg, der auf einer Art Totensänfte, bestehend aus zwei Holmen auf vier Beinen, im Mittelgang des Friedhofs aufgebahrt war, und während die kleine Trauergemeinde in Ermangelung eines Zelebranten etwas hilflos herumstand, hatte ich vorzutreten und mich, umgeben von einem Wald von Grabkreuzen, in der Milde eines Junitages hinzustellen, das Blatt in meiner Hand seltsam in Bewegung, obwohl keinerlei Wind ging, die andere Hand in der Jackentasche, nicht aus Lässigkeit, sondern um mir eine

Kugelschreiberspitze in den Daumen zu bohren und mit dem Schmerz die Emotion niederzuhalten, und so begann ich, mit einer Stimme, die weit tragen sollte, aber nur um so blecherner klang, eine Hommage auf diese nun leblos in ihrem Eichenholzkoffer liegende Frau vorzutragen, als läge es an mir, ihren Triumph zu vollenden und unser beider Talente, wie es geschrieben steht im Gleichnis, zu vereinen, um einen ganzen Schwarm Engel übers Land hinaus zu senden, auf daß sie die traurige Nachricht verbreiteten und von der Größe dieser so kleinen Verstorbenen kündeten. *Und das Geheimnis dieses unbeugsamen Widerstands ist, das weiß jeder, der ihren Laden je betreten hat, eine Liebe zu den anderen, eine Liebe ohne Wenn und Aber, wie die Gerechtigkeitsliebe, das heißt, daß der Hereinkommende als freier Mensch gilt und auch mit leeren Händen wieder gehen darf, ohne sich schuldig zu fühlen, weil er nichts gekauft hat – sie selbst weist ihn darauf hin –, und der Mann ist ihr um so dankbarer dafür, weil er sich erinnert, schon mal aus einem Geschäft herausgekommen zu sein mit Schuhen, die ziemlich drückten, oder mit einem gestreiften Sakko, das angeblich fabelhaft zu seiner karierten Hose paßte. Jetzt ist er also erleichtert und bringt der, die ihn nicht ausnützen wollte, unendliche Dankbarkeit entgegen. Und wißt ihr was? Voller Vertrauen wird er wiederkommen. Und er ist tatsächlich wiedergekommen, dreiunddreißig Jahre lang. Er wird nun in andere Läden gehen müssen, aber jedesmal, wenn man ihn nach seiner Kleidung und nach seiner schwachen Kaufkraft taxiert, wird er an unsere so kleine und so große Mutter denken, die ihn nach seinem wahren Wert als Mensch beurteilte. Dafür liebten und bewunderten wir sie. Vielleicht wird ihr diese Liebe, die nie berechnete, jetzt hundertfach vergolten, wie es geschrieben steht. Was gerecht wäre, aber unseren Schmerz nur wenig lindern kann. Für uns, die wir aus ihr hervorgegangen sind, ist der einzige Trost, daß ein Teil von ihr in uns weiterlebt, daß sie also ebenso lange leben wird, als unser eigenes Leben dauert.*

Und es ist gewiß, daß all jene, die ihr, wofür ihnen unser Dank gilt, das Geleit bis zur Grablegung gaben, hinter ihren gesenkten Lidern bei dieser Rückschau die fröhliche kleine Dame wiedersahen, wie sie Kartons schleppte und unermüdlich auf ihren halbhohen Absätzen einhertrippelte, und hätte der Tote erweckende Freund des Lazarus die gute Idee gehabt, zufällig vorbeizukommen, er wäre angefleht worden, sag doch etwas, denn er hatte ja dem Bruder der Martha und der Maria auch nur zuzurufen brauchen: *Lazarus, komm heraus,* etwa so, wie unsereiner sagen würde, komm heraus da, wenn du ein Kerl bist, worauf dieser in der Öffnung der Grabhöhle erschien, seit Tagen nicht gewaschen, in Binden eingewickelt, sich die Füße darin verheddernd, und bei uns hätte der Wunderdoktor energisch an die Kiste geklopft, auf, auferstehen die Toten, und man hätte ganz realistisch erwarten können, daß sie den Sargdeckel hochstemmt, sich allseits für die verursachten Umstände entschuldigt, die Menge beiseite schiebt und mit kurzen, eiligen Schritten in Richtung Laden läuft, halblaut mit sich selbst schimpfend, Schluß mit dem Zirkus, genug Zeit verloren mit Sterben und Beerdigungsfeierlichkeiten, und nach einem entsetzten Blick auf die große Kirchturmuhr wäre sie davongesaust wie das weiße Kaninchen bei Alice im Wunderland, denn vor der geschlossenen Ladentür hätten ja Kunden stehen können, und es hatte ihr doch immer so widerstrebt, Leute warten zu lassen, lieber hatte sie ein Gespräch mit den Ihren abgekürzt, für das später auch noch Zeit wäre, und husch, war sie durch den Gang ins Lager hinaus, unterwegs durch die Küchentür ihrem einige Monate alten Töchterchen im Kinderhochstuhl zurufend, *hallo, kleine Königin*, bevor sie sich mit gesenktem Kopf weiter auf die Suche nach dem unauffindbaren Artikel machte, den sie, wetten, garantiert vorrätig habe.

Aber weil man nicht von den Toten zurückkehrt, als sei nichts geschehen, weil er, der Tod, unschlagbar ist im Durcheinanderbringen der schönen Ordnung eines Lebens, würde jetzt die Zurückgekehrte vor gähnend leeren Regalen stehen, denn wir hatten eine Anzeige in eine Lokalzeitung gesetzt, Totalausverkauf wegen endgültiger Geschäftsaufgabe infolge höherer Gewalt, und es gab einen Ansturm, der zu ihrem postumen Triumph wurde, ein Gedränge, wie es, und das war unser absoluter Vergleichsmaßstab, nicht einmal in der belebtesten Vorweihnachtszeit oder vor dem Muttertag herrschte, die Leute strömten in die beiden Ladengeschosse und rissen sich um die wenigen Gegenstände, die vorher niemand gewollt hatte, als handle es sich plötzlich nicht nur um Dinge von manchmal zweifelhaftem Gebrauchswert, sondern um Antiquitäten oder Reliquien, und eher hätten sie den Preisnachlaß zurückgewiesen, als sich einen so günstigen Kauf entgehen zu lassen, manch einer hielt seinen kostbaren Fund mit gestreckten Armen in die Höhe, um ihn vor dem Zugriff anderer zu bewahren, und am Schluß war der Laden wüst und leer, wie wir ihn überhaupt nicht kannten, denn bis zu dieser finalen Apotheose hatte immer eine Überfülle an Waren geherrscht, doch in wenigen Tagen war alles weg, es blieb nichts übrig als das Skelett der an allen vier Wänden bis zur Decke reichenden Regale, deren Tiefe, vollgestellt, wie sie immer waren, uns nicht bewußt gewesen war. Nun kam man sich vor wie in einer von Grabräubern leergeplünderten Königsgruft. In diesem Raum, der ihr Dreißig-Quadratmeter-Reich gewesen war und der auf immer ihr Sanktuarium sein würde, in dem es noch raunte und wisperte von den Lobsprüchen der Menge, die zusammengenommen den schönsten aller Lobgesänge ergaben, den einzigen, den sie hören mochte, herrschte fortan der Geist unserer Mama.

Die Exposition eines Theaterstücks sähe so aus: *Ort der Handlung ist ein Geschirr- und Porzellanladen, daran anstoßend ein Uhren-Schmuck-Geschäft und schräg gegenüber eine monumentale Kirche im Stil des späten neunzehnten Jahrhunderts, das Ganze in einem Städtchen am Rande der Bretagne, bäuerlicher Charakter trotz der Nähe zum Atlantik* – doch all dies ist bis zum Überdruß beschrieben worden, samt den Stürmen, die Telegraphen- und Stromleitungen herunterreißen, dem Westwind, der die Wäsche nach Jod und Salz duften läßt, dem Regen in seinen vielfältigen Formen, den Atlantikhimmeln mit ihrem intensiven Leuchten. Eine alterslose kleine Dame macht sich im Dämmerlicht an Kartons zu schaffen. Es ist die Zeit der hereinbrechenden Dunkelheit, die Straßenlaterne vor dem Haus wirft ein milchiges Licht auf die Fassade, ihr fahler Schein ergießt sich bis in die Regale hinein, weshalb man im Laden ohne Beleuchtung auskommt, was nebenbei verhindert, daß ein Nachtschwärmer meint, weil ja Licht sei, dürfe er klingeln. In längeren Zeitabständen ist ein Auto zu hören oder ein Mofa, dessen Einzylindermotor auf der nassen Straße aufheult, oder die Kirchturmuhr mit ihrem traurigen viertelstündigen Gebimmel, das sich ausnimmt wie ein Schluckauf der Stille oder das Echo eines erstarrten Schluchzers. Auch der Regen ist mit von der Partie, der unvermeidliche Regen des Atlantiks, der den Lichtkegel der Straßenlaterne mit einer feinen Schrägstrichelung versieht. Die dunkle Masse der Kirche auf der anderen Straßenseite verleiht der Erdennacht rund um das neuromanische Relief die Helligkeit eines trauerbeflorten Mondes. Für unsere Mutter kam jetzt, da alles sich schlafen legt, die Stunde des Kassensturzes, will sagen, daß sie nach beendetem Abendessen und Abspülen die Tagesbilanz erstellte, indem sie ihre Registrierkasse durch eine Drehung des Schlüssels zum Auswurf der Ziffern veranlaßte, die unter lautem Gerassel auf einem herausquellenden, ab und zu blockierenden weißen Papierstreifen erschienen und die sie den Schecks und Banknoten gegenüberstellte, die in säuberlicher Ordnung in der Schublade steckten, worauf sie alles zusammengebündelt in die Küche trug und dort nach einer abschließenden Kontrolle in eine schwarze, mit seitlichen Dehnfalten versehene Tasche steckte, welche sie, nach einem letzten prüfenden Blick auf Haustür, Gashahn und diverse Lichtschalter, an den Körper gepreßt in ihr Schlafzimmer hinauftrug. Der Tresor, das darf jetzt ausgeplaudert werden, diente nur der Täuschung. Er enthielt bloß alten Papierkram, Verstreutes zur Familienchronik, Grundbuchauszug, Schuldanerkenntnisse, diverse Gegenstände wie die Zahnprothese der Großmutter und das in eine schwarze Kunstlederhandtasche passende gesamte Vermögen der Tante Marie, außerdem wertlose Unterlagen, Bescheinigungen, Briefe und völlig vergilbte Photos aus der Zeit um den Ersten Weltkrieg, auf denen man die Personen kaum noch erkannte und für die sich außer mir niemand interessierte. Während der Nacht schlummerte das Tagesvermögen ohne jegliche Sicherheitsvorkehrung neben unserer schlafenden Mutter. Da übrigens einigen Häusern in der Nachbarschaft das Unglück widerfuhr, von Dieben heimgesucht zu werden, so ist es denkbar, daß sich die Bösewichter daran erinnert haben, daß bestimmt jemand aus ihrer Familie auch vom finanziellen Entgegenkommen der gutherzigen kleinen Dame profitiert hatte, und ihr als Gegenleistung diese Form des nächtlichen Besuches ersparten. Menschen mit so viel Takt und Rücksicht, wie diese Diebe sie bewiesen, die mit einem Einbruch unsere Mutter vielleicht ihr leichthin entgegengebrachtes Vertrauen hätten bereuen lassen, wird viel vergeben werden.

Wir stellen sie uns im Dämmer ihres Mausoleums vor, ewig auf ihrem Posten inmitten geöffneter Kartons, neue Ware etikettierend und in die Regale räumend, dabei mit ihrer jenseitigen, noch immer durchdringenden Stimme das Tun und Treiben der Lebenden kommentierend, vollkommen frei, als Königin der Nacht die Korona ihrer Toten zu empfangen und zu einer letzten Aussprache zu zitieren. Die Tür braucht nicht aufzugehen, die Schatten kommen auch so herein. Man weiß ja seit jenem Abend des Auferstehungstages, an dem sich elf Aufrechte wie eine versprengte Armee ohne General und Order in einem Haus in Jerusalem verbarrikadierten, aus Furcht, es könne ihnen dasselbe widerfahren wie dem Mann, dem sie bis zu diesen blutigen Ostern drei Jahre lang durch Galiläa gefolgt waren, daß sich Wiedergänger von Steinen nicht aufhalten lassen, daß sie durch Mauern gehen wie durch Butter, daß sie ganz plötzlich im Raum stehen können, ohne daß ein leiser Luftzug, der sachte den Vorhang bewegte, sie angekündigt hätte. Weshalb jetzt auch nicht die schrille Klingel ertönt, die einen eintretenden Kunden meldet, indem die aufgehende Tür zwei Metallstreifen in Kontakt bringt, oder sollte es klingeln, dann nur dezent, etwa wie das zum Knien auffordernde Schellengeläute in der Messe vor der Wandlung, und das macht die Sache nur noch geheimnisvoller, denn die Tür ist ja nicht aufgegangen. Trotzdem steht da mitten im Laden, umgeben von einem schwachen, schon fast erlöschenden Lichtschein, ein hochgewachsener Mann, eingezwängt in Kleider von der Farbe des Steins, die ihn so beengen, daß man meinen könnte, sein Hals stecke in einer orthopädischen Halskrause und der ganze übrige Körper in einem Korsett, und wenn die Hausherrin ihn nicht sogleich erkennt, sondern die Erscheinung einen Augenblick verdutzt betrachtet, dann liegt es, wie schon jene Erfahrung mit dem ersten von den Toten Wiedergekehrten lehrt, daran, daß der Gang durch die Finsternis nicht ohne Schaden verläuft, daß man dabei Federn läßt, daß man die gewohnten Erkennungsmerkmale einbüßt, die aber nur Abnutzungserscheinungen des Lebens waren, Narben der Zeit, so daß man danach aussieht, wie man es sich wünschte, wie das wahre Ich unter der Maske, weshalb zum Beispiel Maria Magdalena den Gärtner, von dem sie den Leichnam des Gekreuzigten haben will *(hast du ihn weggetragen, so sage mir, wo du ihn hingelegt hast; dann will ich ihn holen)*, nicht erkennt, und man spürt, daß sie verhandeln und immer noch mehr bieten würde, um in den Besitz der heiligen Reliquie zu kommen, der andere könnte verlangen, was er nur wollte. Vielleicht sogar sie selbst. Doch der, den sie anbettelt, ist derselbe Seelengärtner, dem sie mit ihrem duftenden Haar die Füße gesalbt hat. Vielleicht ist sie damals wie im Traum tausendmal den Weg abgegangen, den die Dufttropfen im Staub auf seinen vom ruhelosen Umherziehen gegerbten Fußsohlen vorgezeichnet hatten, und hat unermüdlich wieder und wieder dieselben Gesten ausgeführt, jedesmal schüchtern zu dem hochblickend, dessen Züge sie, wie sie sich rühmte, mit geschlossenen Augen wie Gedichtverse hersagen konnte, und trotzdem erkennt sie ihn jetzt nicht. Weshalb der Gott-Mensch ihr auf die Sprünge hilft, *Mariam*, sagt er. Und sie, und wir sehen alle in diesem Augenblick ein Strahlen in ihren Augen, eine Freude, die so rein strömt wie vielleicht nie zuvor, und sie sagt: *Rabbouni*, was sich auf tausend verschiedene Weisen übersetzen läßt, doch kein Wort wird diese Unbedingtheit der Liebe wiedergeben können. Alles weitere kennen wir. Aber nicht nur Maria Magdalena ist es widerfahren, daß ein Wiedergänger sie um das Personengedächtnis brachte. Auch den Emmausjüngern, die in der Herberge mit ihm zusammen an einem Tisch saßen. Hätte er nicht auf seine unverkennbare Weise das Brot geschnitten und ihnen das Körbchen hingehalten, so hätten sie nach dem Essen zum Wirt gesagt, man zahle getrennt, und nachdem sie ihren prominenten Tischgenossen nicht erkannt hätten, müßten sie sich auch nicht das Leben lang Vorwürfe machen, weil sie ihn, der willig sein Leben für sie hingegeben hatte, schäbigerweise seinen Teil Fisch selbst zahlen ließen.

Man darf also annehmen, daß der Anblick dieses Eintretenden, der trotz seines beengenden Panzers keine Tür nötig hatte, unsere Händlerin der Ewigkeiten zunächst eine Weile regungslos verharren ließ. Wer ist das, dieser Mann? Sie forscht angestrengt in ihrem Gedächtnis. Er erinnert mich an jemanden, das ist sicher, aber er gleicht zu sehr einer Statue, vor der man sich den Kopf zerbricht, welche Berühmtheit sie darstellen könnte. Diese hohe Kommandeursgestalt, dieses Silberhaar, wer war das doch gleich? Dann, um sicherzugehen, sozusagen der Sprung ins Wasser, denn jetzt will sie es wissen, und zwar so, daß jeder Zweifel ausgeräumt ist: *Bist du's, Joseph?*

Tatsächlich wäre er es, unser Statuen-Mann, um seine Stimme gebracht von dem, der von einigen angeblich authentischen Begebnissen seines Lebens Zeugnis abgelegt und dies geschrieben hat und von dem wir nie wissen konnten, ob sein Zeugnis wahr ist. Das ist der Grund, weshalb sie zögert, bevor sie denjenigen beim Namen ruft, der ihr einziger Mann gewesen ist, denn aus einem Buch herauszukommen ist nichts anderes als eine Wiederkehr von den Toten. Mit den Attributen der Ewigkeit und diesen nicht ganz lebensechten Zügen versehen, die man ein für allemal annimmt und die, weil sie sich dem Einfluß der Zeit entziehen, für die Lebenden so schwer zu erkennen sind. Zur Rede gestellt, könnte er sich nicht verteidigen, denn sein Anwalt und Sohn, der sich die leidige Sprachlosigkeit der Toten zunutze machte, meinte für ihn reden zu müssen und hieß ihn schweigen. Da steht er nun, in der Mitte des Ladens, im diffusen Dämmer der durchs Schaufenster hereinscheinenden Straßenbeleuchtung, fest, stocksteif, ungelenk, mit den schwerfälligen, ruckartigen Bewegungen versteinerter Körper. Bist du's, Joseph? Ja, er ist es, aber er ist nicht ganz er selbst. Könnte man ihn jetzt nicht von dieser einengenden steinernen Uniform befreien, die unser braver Junge für ihn geschneidert hat, und ihm die Leichtigkeit und Natürlichkeit eines Körpers von Fleisch und Blut zurückgeben?

III

Sie sind enttäuscht gewesen, Josephs Kameraden, vom Bild, das ich von ihm gezeichnet habe. Sie erkannten ihn nicht darin. Es war nicht der Mann mit dem einnehmenden Wesen, den sie als witzig, begeisternd, klug und hilfsbereit in lebendiger Erinnerung hatten. Es war eher eine Romangestalt, eine in wuchtigen Schlägen herausgehauene Statue, die etwas demonstrieren oder einen Mangel ausgleichen sollte, eine von der Zeit beschädigte und sehr unsorgfältig restaurierte Freske, in der lediglich die erhaltenen Teile mit groben Strichen miteinander verbunden worden waren, dieser Mensch, der da dem Kind vor Augen stand, hatte nichts mit dem Urbild gemein. Dermaßen enttäuscht waren sie, daß sie es mir offenbarten und meinten, obwohl es ja nun zu spät sei, ich hätte mich erst an sie wenden sollen, ihnen wäre das mehr als recht gewesen. Warum hat er uns nicht gefragt, wir hätten ihm nur zu gern vom großen Jo erzählt. Jeder von uns hat eine Zeitlang zu seinem engeren Bekanntenkreis gezählt. Der Junge kann natürlich nichts dafür, aber wir haben ihn eben besser gekannt, und vor allem länger. Wie lange haben sie eigentlich zusammen gelebt? Elf

Jahre, und nicht einmal am Stück, weil der Vater bis zum Schluß ständig unterwegs war. Und was merkt man sich in diesem Alter? Vereinzelte Bilder, von denen man später nicht so recht weiß, wohin sie gehören, Augenblicke in den Ferien oder bei einem Fest, die aber so stark mit Photographien verquickt sind, daß man nicht mehr unterscheiden kann, was wirklich Erinnerung ist, und sich am Ende fragt, ob die Leute früher, bevor Niepce und Daguerre ihre Erfindung machten, überhaupt Erinnerungen hatten. Dabei hätte er nur zugreifen müssen, wir hatten fabelhafte Erinnerungen an ihn bewahrt, wir mußten nicht einmal unser Gedächtnis groß anstrengen, denn dieser Mann, so gestand einer von uns mit tränenheiserer Stimme vor laufender Kamera, dieser Mann, der ohne einen Heller ins Dorf gekommen war und dem sein Vater in den Sattel half, indem er ihm die Garage zur Verfügung stellte, damit er als gelernter Maler und Maurer seinen Lebensunterhalt verdienen konnte: *dieser Mann ist unvergeßlich.*

Wir haben ihn auch wirklich nicht vergessen. Die Zeit war machtlos. Einige von uns, die ihn überlebt haben, weinen ihm heute noch nach, wie der große Louis zum Beispiel, der nur unter Tränen erzählen kann, was er diesem herzensguten Mann schuldet. Wir wären eine Fundgrube an Informationen gewesen, die er leider verschmäht hat, und das ist schade, schade insbesondere für unseren Freund, der mit diesem ganzen Schatz an Lebenserinnerungen viel größer herausgekommen wäre, so groß, wie er wirklich war. Aber er hat gemeint, sein Vater gehöre ihm, und das Bild, das wir von ihm hatten, entspreche nur teilweise dem, das er selbst bewahrt hatte. Sicherlich sieht ein Kind seinen Vater mit anderen Augen als ein Freund, doch wenn er, wie er im nachhinein erklärte, anhand von bruchstückhaften Eindrücken aus der kurzen Zeit ihres gemeinsamen Lebens und einigen aufgefundenen Spuren die Gestalt des zu früh von ihm Gegangenen wiedererstehen lassen wollte, dann fehlte für ein vollständiges Bild die zweite Informationsquelle, so daß er uns sozusagen einen halbseitigen Joseph gezeigt hat, Joseph nur von der einen Seite, die wiederum wir nicht gekannt haben. Was er uns sehen läßt, ist ein ägyptisches Profil mit nur einem Fuß, das heißt, losgelöst von der Freske kann er gar nicht stehen. Er beklagt sich, einen so unerreichbaren Vater gehabt zu haben, aber weiß er denn nicht mehr, daß er ihm als Kind ständig zwischen den Füßen war und ihm auf Schritt und Tritt hinterherlief? Daß Joseph, der gern bastelte, ihm in seiner Werkstatt eine kleine Hobelbank aufstellte, damit er unter seiner Anleitung lernen konnte, wie man mit Werkzeug umgeht, daß er dem Kind geduldig beibrachte, wie man den Daumen als Führung neben den Fuchsschwanz setzt und dann das Sägeblatt ohne jeden Druck einige Male hin und her bewegt, bis die Sägezähne eine kleine Kerbe im Holz geschaffen haben? daß man den Hammer hinten am Stiel fassen muß? und den Hobel mit der einen Hand oben vorne, mit der anderen ganz hinten? und so fort durch die gesamte Werkzeugpalette hindurch? glaubt er, er habe sich diese Kunst des Bastelns etwa selbst beigebracht? Wir waren da und hätten ihm wirklich gern das Gedächtnis aufgefrischt.

Oder als er in den Jahren nach dem Tod seines Vaters per Anhalter von seinem Internat in Saint-Nazaire an der Küste nach Hause fuhr, wie oft nahm ihn einer von uns im Auto mit, wenn er von der Nationalstraße kam und sich an die Kreuzung stellte, von der die Straße in seinen Ort abzweigt? Sofern wir ihn nicht schon kannten, hatten wir nach ein paar miteinander gewechselten Worten heraus, wer er war. Dann bist du also der Sohn von Joseph? Sofort kamen wir ins Erzählen. Aber wir hörten gleich wieder auf, denn bei der bloßen Erwähnung seines Vaters schossen ihm die Tränen in die Augen. Man entschuldigte sich und wechselte das Thema. Und wie geht's in der Schule? Aber es war stärker als wir, bevor er etwas antworten konnte, waren wir schon wieder bei unseren Erinnerungen: In der Schule war er ein As, dein Vater. Und eine Type. War das eine Gaudi mit ihm.

Was bei dem kleinen Tramper erneut die Tränen fließen ließ. Wie alt war er? Vierzehn? Fünfzehn vielleicht, als er sich mit seiner Reisetasche auf der Eisenbahnüberführung am Stadtrand von Saint-Nazaire am Straßenrand postierte, was er gewiß nicht tat, um das Geld für den Bus zu sparen, obwohl ihm bekannt war, welche Opfer seine Schulausbildung für die Überlebende bedeutete, welche nur mäßig begeistert war, ihren Sohn aus einem fremden Auto steigen zu sehen. Mußte er sich etwas beweisen, jetzt, wo er sich anschickte, seinen Weg allein zu gehen, orientierungslos, als Anhaltspunkt nur dieses Leitbild des Verstorbenen, an das ihn jeder erinnerte und mit dem er ständig aufs neue konfrontiert wurde? Wenn er manchmal den Autofahrern eine wütende Faust zeigte, weil keiner so gnädig war und anhielt, hieß das nicht auch, daß er im vorbeifließenden Verkehrsstrom jenes Auto suchte, das nie wieder kommen würde, einen karminroten Citroën ID 19 zum Beispiel, an dessen Steuer ein großer weißhaariger Herr säße, der elegant ausscheren und wenige Meter vor ihm zum Stehen käme, und er würde hinrennen, schwer an der mit Schulbüchern vollgestopften Tasche schleppend, während ihm der Fahrer von innen die Tür aufhielte. Denn Joseph und die Autos, das war ein Kapitel für sich. Seine ganz offizielle »Erlaubnis zum Führen von Automobilen« war ihm am 8. Oktober 39 ausgestellt worden, obwohl er da erst siebzehneinhalb war. Im Alter, in dem sein Sohn allmählich das Trampen lernte, fuhr er heimlich schon den imposanten Citroën-Kastenwagen seines Vaters und bewältigte die heikelsten Manöver, zum Beispiel fuhr er ihn ohne jeden Blechschaden in die Garage, was fast darauf hinauslief, ein Kamel durchs Nadelöhr zu bringen, weshalb er vier Jahre später geschickter war als der Prüfer, der ihm die Fahrerlaubnis erteilen sollte. Und der kleine Waisenbub wußte das, wenn er sich neben den mitfühlenden Autofahrer setzte. Vielleicht wartete er auch nur darauf, daß man ihm wieder und wieder von den Bravourstücken unseres Kameraden berichtete. Und vielleicht ist das sogar der Grund dafür, daß er selbst unfähig ist, ein Auto zu lenken, als fürchte er, der Erwerb des Führerscheins könne ihn diese Beschwörung der großen väterlichen Gestalt kosten.

Bravourstücke? Zum Beispiel ließ der große Jo eine amerikanische Lastwagenkolonne einen Umweg fahren, damit er seiner Verlobten zum Kriegsende einen Kuß geben konnte, und als die GI verwundert in Riaillé standen, erklärte er ihnen, er kenne die Gegend und halte diesen Weg für sicherer, oder seine spontanen Mutproben, zum Beispiel unter einem Schleppkahn durch und auf der anderen Seite wieder aufzutauchen – was einmal beinahe böse geendet hätte, als er so gegen den Schiffsbauch gedrückt wurde, daß er sich kaum noch davon lösen konnte –, in den Wipfel der Palme im Garten seines Cousins Emile zu klettern und inmitten der Palmwedel Trompete zu spielen, oder bei klirrender Kälte mit offenem Hemd herumzuspazieren und die bis zur Nase eingemummten Passanten nach dem Weg zu fragen, so daß diese stehenbleiben mußten, anstatt schnell nach Hause laufen zu können, aber er ließ nicht locker; scheinbar unempfindlich gegen die Minusgrade, fragte er wieder und wieder nach und ließ sich alles genauestens erklären, derweil wir ein paar Meter weiter das Lachen mit unseren Schals erstickten, oder jene Zirkusnummer, als er sich einen Zaubertrick angesehen hatte und danach mit der ihm eigenen messerscharfen Logik erklärte, er könne darin keine Magie erblicken, wenn das jemand mache, heiße das, daß es machbar sei, also mußte sich einer von uns über die Lehnen von zwei Stühlen legen, die er in einem Bistrot in einem Meter Abstand aufgestellt hatte, worauf er das Versuchskaninchen die Bauchmuskeln anspannen hieß, ihm einen Mauerstein auf den Unterleib legte, mit einem schweren Hammer ausholte und, die Leute hielten den Atem an, den Zementblock mit einem Schlag in Stücke hieb. Und das Versuchskaninchen? Hatte nicht den mindesten Kratzer. Solches Vertrauen brachte man diesem Mann entgegen.

Über diese verrückten Einfälle, die bei ihm alltäglich waren, sprach man noch fünfunddreißig Jahre nach dem Ableben unseres Kameraden. Man, das heißt Freund Michel, der auf dem Totenbett auf Bitten seiner Tochter die prägenden Erinnerungen seines Lebens aufzählte, und dazu gehörte der große Joseph, obwohl er ihn nicht sehr gut gekannt hatte, sondern ihm nur zweimal kurz begegnet war. Das erste Mal in diesem Internat von Chantenay bei Nantes, das von den in Westfrankreich allgegenwärtigen Frères de Ploërmel geführt wurde. Diese religiöse Kongregation wurde von La Mennais gegründet, aber nicht vom großartigen Félicité Robert de La Mennais, sondern von dessen Bruder Jean-Marie, der mit ultramontaner Orthodoxie die Irrtümer seines unbotmäßigen jüngeren Bruders sühnte, welcher sich übrigens mit seiner liberalen Auffassung des Christentums den Bann des Vatikans samt Exkommunikation zuzog. In Notre-Dame de l'Abbaye wurden Volksschüler aufgenommen, die das Kolleg nach zwei oder drei Jahren mit einem Hauptschulabschluß in der Tasche wieder verließen, eine höhere Schule hatten in ländlichen Gebieten ohnehin nur die Priesterseminaristen, der Arzt, der Apotheker und der Notar besucht. In der Praxis befähigte dieses Chantenay-Diplom die Abgänger dazu, mit fünfzehn oder sechzehn den Geschirrwarenhandel des Vaters zu übernehmen. Michel erinnerte sich noch an jedes Detail seines Internatsdaseins, an die Stundenpläne, an die Namen der Lehrer und der Mitschüler, an die Rituale des Donnerstagsspaziergangs, der als frei bezeichnet wurde, weil die Zöglinge weder in Reih und Glied gehen noch Uniform tragen mußten, im Gegensatz zum Sonntagsausgang, bei dem, wenn es regnete – wir sind in Nordwestfrankreich –, sich die weite Pelerine aus grobem blauem Tuch mit Wasser vollsog und zur schweren Bürde wurde, an den Tagesablauf mit seinem Korsett aus Beten, Kirchgang und Lesung im Speisesaal, über deren Erbaulichkeitsgrad er keine Angaben macht, an das Silentium, an das wochenlange Fernsein von zu Hause, an die Strafen, von denen eine darin bestand, daß man mitten im Speisesaal vor aller Augen stehend essen mußte, an die Ausgehverbote selbst dann, wenn die Familie am Sonntag ihren Sohn besuchen kam und sich mit einem Zusammensein im Sprechzimmer begnügen mußte, und bei Joseph passierte das häufig, was wiederum seinen Vater entrüstete, der die Aufhebung des Verbots verlangte, umsonst freilich, denn die Disziplin muß, wie Michel folgert, eisern gewesen sein. Um so bravouröser erscheint dadurch der, den er folgendermaßen darstellt: *Seine Persönlichkeit war wirklich außerordentlich. Man kann sagen, er war einfach überall gut. Er hatte nur einen kleinen Fehler: er schlug oft über die Stränge.* Etwas später kommt er darauf zurück, vielleicht idealisierend, von seiner Formulierung begeistert: *ein großer Radaubruder vor dem Herrn,* welchen Bruder Albin, der Disziplinpräfekt, gern mochte und gleichzeitig auf der Latte hatte, weil er ihn, wie er sagte, ständig auf Trab hielt. Derselbe Michel berichtete stolz, nach einer Preisverleihung am Schuljahresende, bei der beide als Klassenbeste geehrt wurden, habe ihm der um zwei Jahre jüngere Disziplinverächter ins Ohr gesagt – und uns ist es, als hörten wir die Stimme unseres Freundes Joseph, in der seine typische Zuvorkommenheit und sein Kameradschaftsgeist mitklingt:

Siehst du, Michel, zwei aus Campbon, und beide sind Klassenprimus.

Wenn Michels Gedächtnis nicht getrogen hat und man davon ausgeht, daß der Eintritt in das Kolleg von Chantenay im September 1934 stattfand, muß der große Radaubruder damals zwölf gewesen sein. Und dreizehn, als er den Ausspruch tat. Und es war derselbe, allerdings schon nicht mehr so kleine Bub, denn damals ging es los, daß er alle anderen um einen Kopf überragte, welcher, nachdem er im Bahnhof von Savenay den Zug nach Nantes bestiegen hatte – um für zwei Monate bis zu den nächsten Ferien von zu Hause wegzubleiben –, den Kopf durchs Fenster steckte, die Hände zum Trichter formte und über die sich auf dem Bahnsteig drängende Menschenmenge hinweg die Ansage brüllte: *Savenay, fünf Minuten Aufenthalt, Bahnhofsbuffet, Toiletten, Reisende ohne Fahrkarte begeben sich an den Schalter.* Der große kleine Bub mit der Goldrandbrille schaffte es, den ganzen Bahnhof in schallendes Gelächter ausbrechen zu lassen.

Und es ist derselbe, den man – so ging das eben vor dem Krieg in ländlichen Gegenden – zwei Jahre später, als die Schule beendet war und er das Diplom hatte, hinter den Ladentisch der elterlichen Geschirrwaren-Groß-und-Detailhandlung stellte. Selbst wenn das Geschäft relativ einträglich war (Michel vermerkt etwas neidisch, der Kaufmannssohn habe, von der Goldrandbrille abgesehen, schöne

Schlafanzüge gehabt, während er selbst in alten Nachthemden schlief und seine Hosen Hochwasser hatten), lassen sich Perspektiven denken, für die sich ein Junge mit dieser Phantasie und dieser Unternehmungslust eher hätte begeistern können. Es war etwas früh, um den Jugendträumen zu entsagen, aber er stand da nicht allein. Von denen, die mit ihm in Chantenay waren, kehrte der Bäckerssohn an den Backofen zurück, der Sohn des Maurers lernte mit der Kelle hantieren, und auf Michel wartete zwischen dem kleinen ländlichen Hotel, das der Vater betrieb, und der Metzgerei, die von der Mutter geführt wurde, sicherlich Arbeit genug. Unter solchen Umständen kann man sich vorstellen, daß für einige, die von ihrer Jugend wenig gehabt hatten, der Krieg, mit den üblichen Vorbehalten zwar, aber immerhin, ein unverhofftes Geschenk war.

Das zweite Mal, daß sich Joseph und Michel begegneten, war nach dem Ende der Feindseligkeiten, bei einem Treffen ehemaliger Schüler von Notre-Dame de l'Abbaye de Chantenay. Joseph bot dem wiedergefundenen Kameraden, der von Saint-Nazaire im Zug hergekommen war, die Mitfahrt im Auto an, damit er sich nicht so früh von den einstigen Mitschülern verabschieden mußte. Die Strecke zwischen den beiden wichtigsten Städten des Departements Loire-Inférieure war damals keine Kleinigkeit, was nicht nur an der schwachen Motorleistung von Josephs Auto lag, einem gebrauchten Juva-4, für den er im Tausch gegen eine Panzerfahrerbrille einen Satz Reifen ergattert hatte. Die zweispurige, beiderseits von einer Allee gesäumte enge Nationalstraße mit zweifelhaftem Belag durchquerte auf der Strecke sämtliche Ortschaften, Sautron, Saint-Etienne-de-Montluc, Le Temple, Savenay, Montoir de Bretagne, und einige von ihnen waren berüchtigt für ihre Staus, die schon ein am Straßenrand parkender Lastwagen, ein im Schneckentempo heimwärts strebendes Heufuder oder ganz einfach eine Verengung der Fahrspur verursachen konnte. Da sich die Reisedauer deshalb schwer festlegen ließ, genehmigten sich die beiden Mannsbilder einen Zwischenhalt, um am Stadtrand von Nantes ein Motocross-Rennen anzuschauen. Solche spontanen Unternehmungen, von denen er seiner Gemahlin, die diesen Hang zur Unabhängigkeit bei ihrem Mann nur mäßig schätzte, nicht immer berichtete (wir wissen, daß er ihr die Besuche verheimlichte, die er bei jeder Nantes-Fahrt seinem alten Freund Michel Cristophe abstattete), solche Entschlüsse aus dem Stand heraus, das war ganz er. Da erinnert man sich, daß er an einem Pfingstmontag gegen acht Uhr abends ganz plötzlich beschloß, die gesamte Familie, Onkel, Tante und Cousins, müsse mit nach Brest, hopp, alle Mann an Bord, und los geht's, westwärts. Vielleicht war es das verwöhnte Kind in ihm, vielleicht auch das Wissen darum, daß er nur knapp dem Tod entronnen war, daß das Leben etwas sehr Fragiles, Leichtflüchtiges ist, denn er bestand sehr darauf, daß man ihn nicht als Einzelkind behandeln dürfe, daß er der Jüngste einer kinderreichen Familie gewesen wäre, wenn seine Brüder und Schwestern nicht schon bei der Geburt eine Art Abneigung gegen das Leben bewiesen hätten und sich daraus verabschiedeten, als sie es gerade entdecken sollten. Doch was diesen Zwischenhalt am Stadtrand von Nantes betrifft, so war der Grund nicht der Motorsport, zu dem er kein Verhältnis hatte, sondern ganz einfach seine Neugier, sein Spaß am Spektakel und die Möglichkeit, neue Bekanntschaften zu schließen, die sich beim Zuprosten in der Bar ergeben.

Durch das lange, vertrauliche Beisammensein auf der Fahrt nach Saint-Nazaire entlang der Loire-Mündung hatten Michel und Joseph reichlich Zeit, Erinnerungen aus Chantenay auszutauschen, sie konnten dabei um so ungezwungener von sich erzählen, als sie nicht näher miteinander befreundet waren – einem flüchtigen Bekannten vertraut man sich leichter an –, und wußten, daß sie sich nicht so bald wiedersehen würden. Dieser vom Motorenlärm des Juva-4 übertönten Unterhaltung verdanken wir die wahre Version der Umstände von Josephs Untertauchen, nachdem er, wie alle zwischen dem 1. Januar 1920 und dem 31. Dezember 1922 geborenen jungen Menschen, die Einberufung zum zweijährigen Zwangsarbeitsdienst in Deutschland erhalten hatte und sich aus eingefleischter Undisziplinierheit – und wohl auch Geradheit – der Maßnahme widersetzte, indem er selbst seine Scheinabreise organisierte, dabei unterstützt von der örtlichen Résistance, mit der er zumindest Kontakt hatte, wenn er ihr nicht schon angehörte. Das Täuschungsmanöver hatte er geplant, weil er seine Tante Marie nicht gefährden wollte, welche er am 16. März 1943, also zwei Wochen nach Erhalt des Gestellungsbefehls, vor dem Notar der Gemeinde (ein notorischer Sympathisant des Besatzers, als hätte Joseph seine Inszenierung noch verfeinern wollen) zu seiner Sonderbevollmächtigten bestimmt und der gegenüber er behauptet hatte, er werde den Bestimmungen des Arbeitsdienstgesetzes vom 16. Februar 1943 Folge leisten. So fand er sich tatsächlich mit seinen Schicksalsgenossen am Bahnhof ein (als dreiundsechzigster der Liste von Campbon, man kann also annehmen, daß es über hundert gewesen sind), um in den Zug nach Deutschland zu steigen. Michel drückte übrigens bei dieser Gelegenheit seine Verwunderung darüber aus, daß sein (Josephs) Sohn – und das ist Wasser auf unsere Mühlen, was die Glaubwürdigkeit seines Vater-Porträts betrifft – die Fluchtszene nach Nantes verlegte, während sie sich in Wirklichkeit im Bahnhof von Savenay abspielte, wo logischerweise der Sonderzug hielt, um die Zwangsverpflichteten des Kantons zusteigen zu lassen. Was auch für den Fluchtkandidaten das Risiko verminderte, denn die Gegend war weniger überwacht, außerdem kannte er sie wie seine Hosentasche. Auf dem Bahnsteig patrouillierten deutsche Soldaten, und allen, die diese Zeit nicht erlebt haben, sei's gesagt, es war ein befremdlicher Anblick, trist und erniedrigend, überall diese grün Uniformierten, sekundiert von ihren willigen einheimischen Helfern, sie mischten sich in alles ein, verdächtigten uns ständig, brüllten und fuchtelten herum, während wir die Köpfe senkten und vor ihnen zitterten wie kleine Kinder, die Angst haben, vom Lehrer ausgefragt zu werden. Man vergißt, wie enorm der Mut sein mußte, um sich dem Gesetz des Stärkeren zu widersetzen, ihren Gewehrläufen und ihrer Willkür zu trotzen, denn die glaubten ja, und kein Respekt vor dem Schwächeren und Unterlegenen hinderte sie daran, wenn sie das Land so blitzartig eingenommen hätten, dürften sie hier schalten und walten, als wären sie zu Hause. Man muß sich also den Bahnhof von Savenay, wie alle diese friedlichen kleinen Bahnhöfe der Vorkriegszeit, die zu stummen Zeugen höchst dramatischer Abschiedsszenen wurden, als Transitgefängnis vorstellen, wo auf dem Bahnsteig Hunderte junger Menschen zusammengedrängt sind, den Proviantbeutel über der Schulter und neben sich einen Koffer aus Pappmaché, dessen schwache Schlösser eine zusätzliche Sicherung mit Schnur erforderlich machen. Es ist Michel, der jetzt spricht, und er beruft sich auf das, was ihm sein ergebener Chauffeur auf der Fahrt zwischen

Nantes und Saint-Nazaire drei oder vier Jahre nach den Ereignissen anvertraut hat:

Dann stieg er in einen Zug ein, der dort stand, und auf der anderen Seite wieder hinaus. Er ist nicht bis nach Nantes gefahren, sondern im Bahnhof von Savenay ausgestiegen. Auf der anderen Seite lehnte an einem Zaun in der Nähe, von Eisenbahnern dorthin gestellt, aber ursprünglich auf Anweisung von Dolivette, einem Freund und Widerstandskämpfer aus Campbon, ein Fahrrad in gutem Zustand. Dann hat er mir erzählt:

»Ich sprang auf das Fahrrad und sah immer wieder zurück, ich hatte Angst, die Deutschen würden mich verfolgen. Ich fuhr und fuhr ...«

Ich weiß, daß er damals viel Ausdauer hatte, beim Langstreckenfahren in Chantenay war er der Beste gewesen. Er fuhr also wie wild:

»Ich hielt erst, als ich nicht mehr konnte, ich war vielleicht dreißig Kilometer so gefahren, immer in Richtung des nördlichen Stadtrandes von Nantes, wo man mich in einem Bauernhof erwartete.«

Man versetzt sich in seine Lage, obschon nicht eben viele den Mut gehabt hätten, sich in seine Lage zu begeben. Michel hat das vielleicht vergessen zu erzählen, aber bevor Joseph den rettenden Ausgang fand, machte er einen ersten Versuch, der beinahe eine schlimme Wendung genommen hätte, zunächst ließ er sich nämlich auf den Gleiskörper fallen, angeblich um dort eine Zigarettenkippe aufzulesen, in Wirklichkeit aber, um unter dem Waggon durchzuschlüpfen, doch der Lauf einer Maschinenpistole und brutales Kommandogebrüll ließen ihn ganz schnell wieder aufstehen. Ein anderer hätte es jetzt dabei bewenden lassen und sich gesagt, mit ein bißchen kaltem Schweiß sei er noch glimpflich davongekommen. Er nicht. Wir wissen, daß er, völlig erschöpft und außer Atem von seinem wilden Flucht-Sprint über dreißig Kilometer – gleich hinter dem Bahnhof von Savenay geht es sehr steil die Hänge des Loire-Ufers hoch –, im Schutz einer Hecke das Fahrrad hinwarf und sich daneben ins Gras fallen ließ. Man kann fast den Film seiner Gedanken ablaufen sehen, während er mit verschränkten Armen dalag und geistesabwesend den am Atlantikhimmel dahinziehenden Wolken nachblickte, die ersten Augenblicke seiner Freiheit genießend, doch bereit, beim leisesten Motorengeräusch aufzuspringen. Er ist Vollwaise, gerade mal einundzwanzig, und sieht dem Leben eines Untergetauchten entgegen, das er, im günstigsten Fall, weiterführen muß bis zum Ende des Krieges, und es sieht nicht danach aus, daß dieses Ende demnächst zu erwarten wäre. Im weniger günstigen Fall erwartet ihn das Schicksal der Gejagten und Gehetzten, die von jedem Blick, der ihnen begegnet, Verrat und Tod gewärtigen müssen. Dolivette, jener Freund, der die Flucht organisiert hatte, wurde übrigens wenige Monate später verhaftet, praktisch vor den Augen Josephs, mit dem er ein geheimes Treffen vereinbart hatte. Er wurde in ein Auto der Gestapo gestoßen und zur Kommandantur gefahren, gefoltert, wir dürfen annehmen, daß er sein Wort hielt, jedenfalls starb er, ohne eine Spur zu hinterlassen. Jedesmal wenn Joseph von diesem tragischen Ereignis sprach, fragte er sich, wie es ausgegangen wäre, hätte er sich früher am vereinbarten Ort eingefunden, aber er hätte wohl auch mit höchstem Einsatz den unglücklichen Freund nicht retten können – wurden sie beschattet? oder denunziert? –, es wäre ihm ganz einfach auch so ergangen wie ihm. Er gab übrigens selbst zu, viel Glück gehabt zu haben, nicht nur jenes eine Mal. Er gehörte zur Widerstandsgruppe im Wald von Saffré, als diese bei einer der blutigsten Kriegshandlungen der Gegend von einer zehnfachen Übermacht aus deutschen Truppen und französischen Milizionären vernichtet wurde, und er befand sich nur deshalb nicht unter den dreihundertfünfzig jungen Männern, von denen jeder dritte sein Leben ließ, weil er in seiner Eigenschaft als Verbindungsmann seine Kameraden kurz vorher verlassen hatte, um dem legendären Colonel Rémi eine Nachricht zu überbringen, vielleicht im Maquis von Saint-Marcel. Ganz zu schweigen von der Geschichte mit dem Motorrad, mit dem er und sein zukünftiger Schwager Jean Gautier auf der Straße nach Bouvron, an der Kreuzung von La Chaussée, eine Straßensperre durchbrachen: Ohne die Kaltblütigkeit des Fahrers, der erst so tat, als wolle er dem Befehl der Soldaten Folge leisten, um dann ganz plötzlich mit Vollgas davonzurasen, wären sie beide im Kugelhagel gestorben, denn der ungestüme Joseph auf dem Sozius hatte erst vorgeschlagen, mit einer Pistole in jeder Hand auf die grünen Uniformen zu halten und die Sperre gewaltsam zu durchbrechen.

Was den Bauernhof betrifft, der ihm einige Monate lang als Rückzugsort von seinen Widerstandsaktivitäten diente und der übrigens durchaus seinem Naturell entgegenkam, bei dem, als Folge der Einzelkindsituation, Kameradschaftsgeist und Unabhängigkeitsbedürfnis gleichermaßen ausgeprägt waren, so befand sich dieser im Weiler Le Tramier auf den Ländereien des Grafen von Durfort. Völlig abgeschieden in einem von Wäldern dominierten Landstrich gelegen, bot er dem polizeilich gesuchten jungen Mann nicht nur ein sicheres Versteck, durch seine Entfernung vom Getriebe der Welt war er auch ein Ort der Besinnung, atmete diese erschreckende und endlose Einsamkeit, die von der Zisterzienser-Einsiedelei ausgeht, und der kampfeslustige, zu früh ins väterliche Geschäft eingetretene junge Mann mochte hier, neben der Mitarbeit auf dem Bauernhof, auch viel nachgedacht haben über sein Leben und das, was er davon erwartete. Das Gehöft ist längst aufgegeben und von Efeu und Dornen überwuchert, und leider gibt es auch keine direkten Zeugen mehr aus dieser Zeit. Blanche, die Tochter des Bauern, die gern von damals erzählte, ist vor kurzem verstorben. Doch man wird nicht überrascht sein zu hören, daß er hier wie allerorten, wo er eine Weile war, als fröhlicher, begeisternder Bursche in Erinnerung blieb, der kräftig mit anpackte – er absolvierte das komplette Spektrum der landwirtschaftlichen Tätigkeiten – und in seiner freien Zeit las, was eines Tages dazu führte, daß dem Bauern, Monsieur Mulvet, der Schreck in die Glieder fuhr, als nämlich ein Besucher, vielleicht sogar der Graf selbst, sich über ein Buch auf dem Küchentisch wunderte, das auf die Anwesenheit eines Belesenen im Hause schließen ließ. Der Mann sagte nichts, er nahm lediglich das Buch in die Hand, blätterte mit Kennermiene darin und nickte dem Bauern anerkennend zu, als wolle er ihm gratulieren für so viel Geschmack. Sein Sohn – Josephs Sohn – behauptet, es habe sich um einen Roman Balzacs gehandelt, woher hat er die Information? Wenn man weiß, daß ebendieser Sohn erzählte, er habe am Abend nach dem Tod seines Vaters, *Colonel Chabert* gelesen, einen Roman dieses Autors also, dann fragt man sich, ob er nicht so etwas wie einen Reim oder eine Vorwegnahme, vielleicht sogar die Identifizierung mit dem Verstorbenen gesucht hat. Gesichert ist hingegen, daß sich unser Untergetauchter nach diesem Warnschuß eine Vorsicht angewöhnte, die keineswegs zu den Haupttugenden der jungen Leute in seiner Situation zählte, denn viele begannen nach einigen Gläsern mit ihrer Teilnahme an Aktionen gegen den Besatzer zu prahlen. Dolivet und die anderen haben ihre Verhaftung möglicherweise eher solchem Leichtsinn als bewußter Arglist zu verdanken.

Erinnerung auch an einen verliebten jungen Mann. Zum Thema Liebe weiß Freund Michel etwas Erstaunliches beizutragen, was ihm angeblich Joseph auf ihrer gemeinsamen Fahrt von Saint-Nazaire nach Nantes anvertraut hat. Der Vater habe ihm auf dem Sterbebett das Versprechen abgenommen, eine bestimmte Person nicht zu heiraten. *Ich verrate nicht, wer's ist,* wehrt Michel ab, der sich des Vertrauens, das ihm der ehemalige Mitzögling von Chantenay entgegenbrachte, als würdig erweisen will. Eine bestimmte Person, na ja, für uns, die wir unseren Kameraden in jener Zeit kennengelernt haben, gibt es keinen Zweifel, wer die Schöne war, und Schöne dürfen wir sie guten Gewissens nennen, denn sie war schön, und charmant, und Joseph war tatsächlich in sie verliebt. Überall in der Gegend sah man die beiden schon als verheiratet, und allgemein war man der Meinung, sie gäben geradezu ein Traumpaar ab. Von dieser inoffiziellen Verlobten also erwartete der in Le Tramier versteckte Joseph ungeduldig Briefe, die ihm Dédette überbrachte, Annicks gewitzte kleinere Schwester, die ihn jedesmal tröstete, wenn er, weil er in der überbrachten Post nicht gleich die geliebte Handschrift entdeckte, unglücklich dreinschaute. Aber es beweist, daß ihm der letzte Wille des drei

Jahre zuvor in seinen Armen verstorbenen Vaters kein großes Anliegen war, er meinte wohl, diese väterliche Forderung gehe allzu weit, und wenn man die Toten ihre Toten begraben lassen solle, dürften die sich auch nicht in die Angelegenheiten der Lebenden einmischen. Es zeigt, daß er an seiner Liebe festhielt, daß er nicht einsehen mochte, weshalb er, es sei denn, die Gefühle würden erkalten, sein Leben nicht mit ihr leben sollte, daß also die Worte des Sterbenden dessen Sache seien, selbst wenn es durchaus denkbar ist, daß der den Erlaß des Verstorbenen mißachtende Sohn Ängste ausstand, der Schatten des Vaters könne ihm nachts erscheinen und Rechenschaft fordern für den Wortbruch.

Seine inoffizielle Verlobte hatte er auf der Hochzeit seines Cousins Emile kennengelernt, und vielleicht war sie mit ein Grund für die äußerst riskante Entscheidung, sich der Zwangsarbeit zu entziehen. Es wäre unsinnig, in seiner Flucht vom Bahnhof von Savenay bloß die Eskapade eines Liebestollen zu sehen, aber er hatte wohl einfach keine Lust, so lange und so weit von ihr getrennt zu sein. Und das war gegenseitig, denn wenn wir unseren heldenhaften Freund haben verzweifeln sehen, sobald die Post von ihr länger ausblieb, so muß man wissen, daß auf der anderen Seite seine schöne Freundin ebenfalls klagte. Der Krieg war nicht gut zu den Liebenden. Erstaunlich nur dieser Starrsinn des Vaters bis zur letzten Stunde. Was hatte sie, die seine Schwiegertochter werden wollte, ihm denn angetan? Befürchtete er, sie würde, wenn sie hinter dem Ladentisch die Nachfolge seiner geliebten, vor Jahresfrist verstorbenen Gattin anträte, sein Lebenswerk zugrunde richten? Denn niemand hat Pierre als Familientyrannen in Erinnerung. Er war impulsiv, aber gutherzig. Man erzählt, daß ihm, als er eines Tages einen Stapel Teller in einen Gemischtwarenladen in Quilly lieferte, ein Hund in die Quere gelaufen sei und ihn beinahe zu Fall gebracht habe, da habe er dem Tier aus Wut einen Teller nachgeworfen, der wie eine fliegende Untertasse auf den Hunderücken sauste, dort abprallte und unbeschädigt auf der Straße landete. Und was tat der Geschirrwarenhändler en gros und en détail? Ganz gelassen hob er den unversehrt gebliebenen Teller auf und meinte trocken zu einem Jungen, der zugesehen hatte: *Die halten was aus, meine Teller, nicht wahr, Kleiner?* wonach er sich von diesem helfen ließ und ihn mit einer kleinen Porzellanstatue des heiligen Josef entlohnte, die ein halbes Jahrhundert später beim inzwischen nicht mehr ganz so jungen Knaben noch immer auf der Kommode stand. Anderes Beispiel, das ebenfalls nicht auf einen Despoten schließen läßt: Als er seinen Sohn besuchte, der in Notre-Dame von Chantenay an einem Sonntag Ausgehverbot hatte, machte er der Anstaltsleitung eine Szene wegen der Strafmaßnahme, deretwegen er seinen Sohn bloß im Sprechzimmer sehen durfte, dabei hätte er genausogut seinen Sohn für dessen Disziplinverstoß tadeln und die Erzieher für ihre Strenge loben können. Des Sterbenden letzte Forderung ist also wirklich verwunderlich. Wollte er am Ende dieser Frau willfahren, die nach dem Tod seiner Gattin den Haushalt führte und die das schöne, lebensfrohe Mädchen nicht ausstehen konnte? Doch stärker als alle Strenge des Vaters und aller Haß der Rabenmutter war am Ende der in gewisser Weise gegenteilige Typ, das heißt die kleine Annick, die gesiegt hat.

IV

ABER JETZT haben wir verstanden. Denn das war es doch, was als erstes neu erschien nach diesem Tod, der am 25. Juni 1996 gegen neun Uhr abends in einem nackten Zimmer des Zentralklinikums von Nantes eingetreten war: Nach dreiunddreißig Jahren der Trennung war die kleine Annick wieder mit ihrem großen Joseph vereint. Man war es nicht mehr gewohnt, die beiden zusammen zu sehen, das lag so weit zurück, daß man auf ein Photo aus dem ersten Ehejahr stoßen mußte, um sie wieder Arm in Arm vor Augen zu haben. Oder auf zwei Photos, um genau zu sein, die ich allerdings in der Erinnerung miteinander zu einem verschmolzen habe, weshalb ich in bestem Glauben schrieb, unsere schönen Eltern würden, auf einem Feldweg spazierend, dem Photographen zulächeln, dabei ist das erste Bild zwar wirklich auf einem Feldweg aufgenommen – in der Nähe eines Bauernhofes, von dem ein Gebäude zu erkennen ist, wahrscheinlich eine Lagerhalle fürs Heu, denn die schemenhafte Masse davor ähnelt einem Heuhaufen, außerdem verlaufen auf dem Weg als parallele Rinnen zwei Wagenspuren –, doch aus zu großer Entfernung, als daß man den Gesichtsausdruck der beiden erkennen könnte, im übrigen ist die Scharfeinstellung verfehlt, so daß die Aufnahme diesig wirkt, und der dafür Verantwortliche verrät sich durch einen Schatten, der auf dem Weg und noch ein Stück weit am grauen Mantel des jungen Mannes aufwärts verläuft und uns den Schluß erlaubt, daß dieser Amateur in Sachen Photographie einen Hut getragen habe, es war also vielleicht Großvater oder sein Freund, Monsieur Pineau, Journalist und Begründer der *Revue des tababcs*, beide hatten immer Hüte auf, und das zweite Bild, auf dem unsere Eltern elegant durch ein Dorf spazieren, ist laut unserer nicht sonderlich nostalgisch veranlagten Mama in La Plaine aufgenommen, dem Heimatort der Familie ihrer Mutter, einem Küstenstädtchen, das, um Touristen anzulocken, seinen Namen mit dem Zusatz *Sur-Mer* schmückte – die niedrigen Häuser mit ihren Ziegeldächern sprechen jedenfalls eher für eine Gemeinde südlich der Loire –, oder vielleicht in Doué-la-Fontaine, wo ihr Cousin Jean, JeanDu genannt, seinen Wohnsitz hatte, und sie meinte, es sei eher nach als vor ihrer Hochzeit entstanden. Nachher, möchte man wünschen, denn auf dem ersten Bild sind sie ein wenig gehemmt, schüchterne Verlobte eben, während auf dem zweiten das offensichtliche Glück, das aus ihrem Zwillingslächeln spricht, sowie ihr munteres Ausschreiten auf das soeben begonnene Leben zu zweit hindeuten. Indessen, da ist Onkel Paul kategorisch: Es handelt sich um Saint-Laurent-sur-Sèvre, wo besagter JeanDu vor seiner Verheiratung wohnte und wo im Jahre 1716 die Wanderprediger-Karriere des allseits gefürchteten Pater de Montfort ihr Ende fand.

Was danach geschah, und was zweifellos mit Schuld daran trug, daß ein Ascheregen das strahlende Glück dieses Tages eintrübte, das wissen wir: Ein erstes Kind an Cholera gestorben, weil der verantwortungslose Chefarzt einer Geburtsklinik in Nantes die in seinem Hause ausgebrochene Epidemie lange vertuschte, und als er sich endlich zur Schließung der Klinik durchrang, war es für den kleinen Pierre und einige andere zu spät (was den Todeskampf des kleinen Pierre und den die Eltern noch lange quälenden Schmerz angeht, haben wir als Informanten Alfred, für kurze Zeit Großvater, der auf einer Ansichtskarte mit einer Photographie der Kathedrale Notre-Dame de Fourvière, von der Apsis her gesehen, seiner Tochter Annick und seinem Schwiegersohn Joseph die freudige Mitteilung macht, durch die Macht seines Gebets könne er, Alfred der Fromme, Wunder erwirken von denen, die er um Fürbitte anflehe: *Lyon, Donnerstag, 15 Uhr, meine kleine Annick, lieber Joseph, eben habe ich am Telephon von JeanDu erfahren, daß Euer kleiner Pierre gerettet ist. Ihr könnt Euch gar nicht vorstellen, wie bekümmert ich war, als ich am Dienstagabend hörte, es stehe schlimm um Euren Knirps. Allein in meinem Zimmer, in tiefer Betrübnis, habe ich das Photo der heiligen The-*

resia von Lisieux genommen, das ich immer in der Brieftasche habe. Darin ist auch das Photo von Annick als Erstkommunikantin und kleines Mädchen. Ich habe die beiden Photos angeschaut und zur heiligen Theresia gebetet, sie wolle das Leid von der Mutter abwenden und ihr Kind retten. In inbrünstigem, aus tiefstem Herzen gesprochenem Gebet habe ich die kleine Heilige angefleht, ein Wunder zu wirken und auch auf Euch eine von den Rosenblüten zu werfen, die sie der Welt versprochen hat. Sie hat mich erhört. Ewig sei sie gepriesen. Meine lieben Kinder, aus ganzer Seele und zutiefst bewegt grüße ich Euch. Bis bald, Euer Papa A. Br., doch das Wunder war von begrenzter Dauer und die Besserung nur vorübergehend, denn als die Karte ankam, war der kleine Pierre schon nicht mehr, und zu spät kam auch ein Dankesbrief mit beigefügtem Andachtsbild, das eine mittelalterliche Madonna von der Côte d'Or zeigte, im Stil fast so archaisch wie die Maske von Sainte-Foy in Conques, unter deren Namen ein anonymer Schreiber, einen Ablaß vermittelnd, hinzufügte: *Beschütze deinen kleinen Pierre,* nachdem auch unser Papa, wohl der Verzweiflung nahe und schon fürchtend, es könne sich die makabre Serie der totgeborenen Kinder fortsetzen, der er, und nur darum wuchs er als Einzelkind auf, als einziger entkommen war, eine Spende ans Waisenhaus von Notre-Dame de Domois geschickt hatte, als habe er, der selbst Waise war, sich mitschuldig an einem noch größeren Unglück gefühlt, um die Gesundung seines ersten Neugeborenen zu erwirken, doch trotz eines Dankesschreibens des Anstaltsleiters mit der gnädigen Anrede *Teurer Wohltäter* half die burgundische Madonna so wenig wie die kleine Heilige von Lisieux), dann drei Kinder in einer Folge, die unterbrochen wurde durch eine Leibesfrucht, die um ein Haar unsere Gebärerin das Leben gekostet hätte, das Ganze stets von Geldnöten begleitet, die unseren Vater zu gewiß demütigendem Anpumpen von mehr oder weniger befreundeten Menschen nötigte (ein schon sehr früh beschrittener Weg, der ihn bis an sein Ende dazu zwang, mit immer neuen Schulden die alten zu tilgen, da er schon die seiner Angetrauten offerierte Hochzeitsreise an die Côte d'Azur auf diese Weise finanziert hatte), was ihm regelmäßige Neujahrsgrüße von einem Gläubiger-Abt eintrug, welcher nie versäumte, ihn an das geschuldete, nun dringend für die Reparatur des Kirchendachs oder die Schallisolierung eines Beichtstuhls benötigte Geld zu erinnern, so daß er sich schließlich etwas anderes einfallen lassen mußte, und das nächstliegende war, den vom Vater geerbten Engroshandel aufzugeben und wie ein Hausierer herumzuziehen, also Vertreter zu werden oder, wie man damals sagte, Reisender, zunächst in Schautafeln für katholische Schulen, ein ganz neuer Markt, den der sehr laizistische Verlag *Maison des Instituteurs* zu erschließen gedachte, welche, dies eine Berichtigung des über meine Darstellung etwas aufgebrachten ehemaligen Direktors – auf einer Tafel zum Alten Testament ein Moses, der wie Karl Marx ausschaut und die Gesetzestafeln emporhält, als seien sie ein Manifest –, keineswegs in kommunistischen Händen war, aber man hätte ihm erwidern sollen, daß aus der Warte einer katholischen Einrichtung jeder Lehrer der Republik ein Roter, ergo ein Religionsverächter gewesen ist, daß beispielsweise in Campbon die Gemeindeschule ganze fünf Bekennerkinder zählte, während die beiden von Ordensbrüdern und Ordensschwestern geleiteten sogenannten freien Schulen, in denen, nach Knaben und Mädchen getrennt, die Kinder der anständigen Leute unterrichtet wurden, vierhundert oder fünfhundert Schüler zählten, und daß dieselben anständigen Leute dem neu zugezogenen Arzt mit Boykott drohten, weil dieser seinen Sohn in die Schule des Teufels schickte, und ihre Drohung tatsächlich wahr zu machen begannen, so daß der Mann wieder hätte gehen müssen, wäre nicht der Einsatz unseres Vaters gewesen, und man stelle sich das vor, dieser Gerechte, allein der tobenden Menge gegenüber, den in Schutz nehmend, der seiner Frau und einem seiner Kinder das Leben gerettet hat, und mit seinen Argumenten und seiner glasklaren Präsenz die ganze Versammlung umstimmend, was beileibe kein Kinderspiel war, denn diese Menge, fünfzehnhundert Menschen dichtgedrängt um die Kirche herum, fromme Lieder auf den Lippen, Kerzen und Knüppel in der Hand, hatte fünfzig Jahre zuvor den Steuereinnehmer des Orts, Monsieur Mesereau, an der Durchführung der nach der Trennung von Kirche und Staat vorgeschriebenen Vermögensschätzung gehindert und zum Rückzug gezwungen, und jetzt kommt er und kriegt genau diese Menge so herum, daß das Wartezimmer des braven Doktors am nächsten Tag wieder voll ist, man kann sich denken, wie glücklich und stolz wir sind, die Kinder dieses Mannes zu sein, und dann, nach diesem pädagogischen Zwischenspiel, das ihn wochenlang von der Familie trennte (sein Revier umfaßte ganz Frankreich und das französischsprachige Belgien, anhand seiner Auftragsbücher lassen sich die Routen rekonstruieren: von Versailles bis le Touquet, von Tarbes bis Lille, von Limoges bis Tournai, von Coutances bis Arcachon, in sämtlichen Departements suchte er systematisch jede, auch die kleinste katholische Schule auf, die in einem von vier Fällen Sainte-Thérèse hieß), wandte er sich wieder seiner angestammten Branche und einem kleineren Tätigkeitsgebiet zu, nämlich dem Geschirrhandel und der Bretagne, diesmal im Auftrag eines Grossisten aus Quimper, der Firma ECMO, die inzwischen von der Bildfläche verschwunden ist, nicht nur die Firma, sondern auch ihr Lagerhaus, eine ehemalige wassergetriebene Mühle, zu der er uns einmal mitgenommen hat, Erinnerung an ein dreigeschossiges hohes Gebäude an einem Wasserlauf, ähnlich wie die Mühle in Charleville an der Mosel gegenüber dem Rimbaud-Haus, beim Blick durch die Abstände zwischen den Bodenbrettern wurde einem schwindlig, inzwischen jedoch abgerissen und ersetzt durch ein putziges zweistöckiges Gebäude, das gut gemeint ist, das heißt, es möchte mit verzierten Balkönchen und bescheidener Gestaltung sein Betongerippe überspielen, und sogar der Wasserlauf, der das mächtige Wasserrad angetrieben hat, wurde zum Teil zugeschüttet oder umgelenkt, und dann endlich, wie das Ende eines Tunnels, die Hoffnung, mit einem engen Freund aus Angers zusammenarbeiten zu können, und als mehr oder weniger konkrete Perspektive die Rückkehr zur Seßhaftigkeit als Leiter dessen, was wir das Krankenhaus nannten und was einige geistig Zurückgebliebene sowie alte, oftmals alkoholkranke Menschen beherbergte, uns aber mit Stolz erfüllte, denn es war das einzige moderne Gebäude der Gemeinde, weshalb es sogar eine Postkarte mit den Sehenswürdigkeiten von Campbon ziert, ein zweistöckiges weißes Gebäude mit Mansarden im vierflächigen Walmdach, an dessen Fassade, über dem Regendach des Haupteinganges, tatsächlich zu lesen ist: *Hôpital St Martin*, obwohl es eigentlich eher ein Pflegeheim war, doch am Tag nach Weihnachten 1963 wurden diese Pläne durch den Zusammenbruch des Helden schlagartig zunichte.

Dem Leben tut die Zeit dasselbe an wie den Bildern, sie überzieht es mit einem trüben Schleier, so daß man kaum noch an die Frische der Jugend glauben mag. Es bedarf dann einer geduldigen Restaurationsarbeit, wenn die Farben wieder so leuchten sollen, wie sie sich ursprünglich dem Blick darboten. Sie waren zwar da, vor unseren Augen, hinter diesem dünnen Belag aus eingetrockneten Schicksalsschlägen und verflüchtigten Illusionen, der sich im Lauf der Jahre abgesetzt hat, aber man hatte sich daran gewöhnt, sie nicht mehr zu sehen, vielleicht weil sie irgendwann störten, wie grelle Erinnerungen an Glücksmomente im Alltagsgrau. Was haben also die beiden, die so schön, so elegant dem Leben entgegenlachten auf der Dorfstraße von la Plaine-sur-Mer, was haben sie später angestellt mit dieser Liebe, die mit der sanftesten aller Unterschriften fünf Kriegsjahre beendete? Einige haben sich, vielleicht weil sie fürchteten, es sei schlecht ausgegangen beim schönen Paar, oder man habe ihnen die Wahrheit vorenthalten, verwundert gezeigt, daß meine Eltern in den Büchern, die ihr Andenken ehren, nie gemeinsam auftreten, als solle hier durch verschämtes Aussparen die Wunde eines Zerwürfnisses, eines amourösen Fiaskos verheimlicht werden, und es stimmt, die mageren Erinnerungen, die wir haben, lassen sie einander nicht in die Arme fliegen. Voreiligen Spekulationen zuvorkommend, möchten wir aber zu bedenken geben, daß bis zum Alter von zehn oder elf Jahren nur wenige Erinnerungen haftenbleiben, und wenn, dann hauptsächlich schmerzliche, und daß in ebendiesen Jahren, bevor sein irdisches Gastspiel zu Ende ging, unser Handelsreisender, wie es sein Gewerbe mit sich brachte, auch zu Hause nur Gastspiele gab. Meistens am Sonntag, wo er, müde von seinen Tourneen, am Ruhetag vor allem Ruhe haben wollte, weshalb man keine Spazierfahrten mit dem Auto verlangen, lärmiges Spielen und Herumschreien vermeiden und ihn mit Geschichten verschonen sollte, das Reden wollte er dem Gespräch zu zweit mit unserer Mutter vorbehalten, einer Art Nachholsitzung, in der die beiden versuchten, die einsamen Selbstgespräche der Woche zusammenzuführen, weshalb es nicht ratsam war, sie beim Essen unterbrechen zu wollen, und sei es nur, um zu fragen, ob man kurz auch etwas sagen dürfe. So etwas hinterläßt kaum Bilder, eher die Erinnerung an eine Distanz, an eine etwas schwierige, einschüchternde Beziehung, was vielleicht nicht nur an ihm lag. Die langen sechstägigen Unterbrechungen gestalteten das Wiedersehen sicherlich problematisch. Wie ein geschiedener Vater, der seine Kinder nur gelegentlich sieht und, weil er von ihnen ferngehalten wird, allmählich ihre selbstverständliche Zuneigung verliert, ihr Leben nur bruchstückhaft mitbekommt und sich den Rest zusammenreimen muß, doch die Lücken werden immer größer, und irgendwann versteht er überhaupt nichts mehr von diesem Leben, das sich ohne ihn weiterentwickelt, und er spürt, wie er allmählich zum Fremden wird. Kinder können außerdem auch einschüchternd sein. Sind nicht ohne weiteres zugänglich. Man macht einen Schritt auf sie zu, und sie geben einem mit einem Blick zu verstehen, daß man privates Terrain betritt, daß man in eine Kindheit nicht nach Belieben hineinspaziert. Gar nicht so leicht, die richtige Haltung zu finden diesem Kleinen da gegenüber, der nur angeblich so klein ist und dich mit fragendem Blick anschaut. Man ist gelähmt. Man traut sich nicht. Man bleibt außerhalb dieses magischen Kreises mit seinen eigenen Riten. Aber er hat es versucht, dieser eingeschüchterte und einschüchternde Vater. Erinnerung an Versuche des Näherkommens. An einem Abend, zur Bettgehzeit, in seinem Schlafanzug mit den blauen und weißen Streifen, die Farben so verblaßt, daß sie ineinander übergehen, legt er sich auf das Federbett, das sich unter der Masse der Riesengestalt an den Rändern bizarr aufbläht. Was will der auf einmal, dieser Mann, vor dem ich mich normalerweise fürchte? Zu viele Lücken zwischen uns, und eine Aufforderung zu reden, zu plaudern wie alte Freunde beim Wiedersehen, kann sie nicht auffüllen. Wäre ein fabelhafter Vater für die kommenden Jahre gewesen. Bestimmt mehr in seinem Element in einer freundschaftlichen Beziehung, die ihm eine feindosierte Mischung erlaubt hätte zwischen seiner Kultur der Kameradschaft und seiner großen Strenge, die ungehemmter Zutraulichkeit entgegenstand. Das Fehlen dieses Vaters später: Man hätte insgeheim schreien mögen vor Schmerz.

Außerdem hat man, was Zärtlichkeitsbezeigungen angeht, auch zu bedenken, daß wir an der unteren Loire sind, wo die Kirche das Liebesleben streng reglementiert und wo sich – noch schlimmer, siehe die Geschichte von dem mit Vertreibung bedrohten Arzt – eine jener Hochburgen der Revolutionsgegner befindet, wo es sittenstreng und genußfeindlich zugeht und man für jede kleine Verfehlung, und das kann schon ein unreiner Gedanke oder ein ungehöriger Blick sein, ewige Höllenqualen angedroht bekommt, wo man noch das Andenken an jene Priester ehrt, die den Eid auf die Zivilkonstitution des Klerus vom Juli 1790 verweigerten und die von der sympathisierenden Landbevölkerung versteckt wurden, in Wäschetruhen zum Beispiel oder in großen Heuhaufen, in die die Soldaten mit Vorliebe ihre Bajonette rammten. Vielleicht lebte das Land noch unter dem Schock des Blutbades unter den Aufständischen der Vendée, das die von der Konvention eiligst entsandten Truppen angerichtet hatten, um den im Westen schwelenden Flächenbrand um jeden Preis, und da war wirklich jedes Mittel recht, zu ersticken, und nachdem die Reste der Bauernheere die Loire überquert hatten und in Savenay vernichtend geschlagen wurden, kamen sie zum Sterben zu uns, ganz in unserer Nähe; auf dem Hügel von Sem wurden sie samt Frauen und Kindern mit blanker Waffe niedergemacht. Was wahrscheinlich auch erklärt, daß sich die Gegend siebzig Jahre später hervortat, indem sie besonders viele Freiwillige, päpstliche Zuaven genannt, für die Verteidigung des Vatikans entsandte, nachdem Garibaldi, eine andere Inkarnation der Revolutionssatanei, seine wahren Absichten enthüllt und angekündigt hatte, sich ein paar römische Landstriche aneignen zu wollen, über die der Erbe in indirekter Linie des heiligen Petrus herrschte. Diese Zuaven waren Bauern, indoktriniert von den schwarzen Husaren der Kirche und bereit zu einem neuen Kreuzzug, um ein neues heiliges Land vor den Mächten des Bösen zu bewahren, und ihre karnevalistische Verkleidung lehnte sich kurioserweise an die Aufmachung jener Heiden an, gegen die man die Ritter und die Bettler des Abendlandes mobilisiert hatte, auf daß sie ihnen das Grab Christi entreißen, eine richtig tolle Pascha-Uniform, Pluderhose (nicht rot, sondern stahlgrau, was unserer Sittenstrenge angemessener ist), bestickte kleine Weste, doch anstelle des Fez das reguläre französische Käppi, Nordafrika-Version mit zweitem Schild hinten, da eine richtige Narrenkappe dem Heldenmut doch abträglich gewesen wäre. Solcherart kostümiert (die Pluderhose ist der Hose der royalistischen Chouans nicht unähnlich), zogen sie los, unsere nicht wiederzuerkennenden Bauern aus Campbon, sahen Länder und Städte, vielleicht auch Rom, und kehrten zurück nach der Schlacht, die sie in Monte Libretti unter dem Befehl eines abermals de Charette heißenden Barons geschlagen hatten, mit dem Ergebnis, daß sich der rote Teufel, von der *furia francese* schwer beeindruckt, zurückzog und dem Erben sein päpstliches Hoheitsgebiet zugestand. Unseren Helden blieb der Ruhm, dem Aufruf in größerer Zahl gefolgt zu sein als jede andere Gemeinde Frankreichs, Paris eingeschlossen, das von unseren Kreuzfahrern wohl gar nie etwas erfuhr, in größerer Zahl als Nantes, das während der Revolution ohnehin republikanisch war, als Lourdes, wo man wahrscheinlich zu sehr mit Marienerscheinungen beschäftigt war, als Savenay, unsere Nachbargemeinde, die wohl keinen zusätzlichen Ruhm brauchte, da sie durch den auf ihrem Gebiet errungenen Sieg der Blauen über die Weißen bereits in die Geschichte eingegangen war (als wir Kinder waren, zeigte man noch das hügelig gewellte Feld, auf dem die Kämpfe tobten, bis von den Vendéens nur versprengte Reste übrigblieben). Doch die Episode, die den Vergleich mit dem Kinderkreuzzug nicht zu scheuen braucht, inspirierte einen gewissen Abbé Alcide Bernard, Lehrer am katholischen Knabeninternat von Guérande, das hierzulande besuchte, wer irgendwie begabt und Sohn unbegüterter Eltern war, zu einem *Neuen Ausstattungstück* mit dem Titel: *Die erhabene Geschichte der päpstlichen Zuaven*, das sich als *Historisches Drama in einem Prolog, fünf Akten und zwölf Bildern* präsentiert und in erbaulicher Manier, das Vertrauen in das Gebet als unfehlbare Waffe gegen die Feinde der Christenheit herausstellend, unsere päpstlich gesinnten Freiwilligen in Szene setzt.

Soviel man weiß, ist das Werk nicht veröffentlicht worden – das verfügbare Exemplar, aufgefunden in der überwiegend aus Büchern der *Collection Nelson* bestehenden Bibliothek des kleinen Büros, wo es unbeachtet geblieben war, weil es mit seinem Einband aus Packpapier eher nach einem sehr alten Schulheft aussah, ist ein mittels Spiritusmatrize vervielfältigtes Manuskript von achtundfünfzig Seiten, die Blätter sind in der Knickfalte mit einem Faden zusammengeheftet, nachdem offenbar der Versuch einer Klammerheftung, von dem noch zwei Löcher zeugen, gescheitert war –, hingegen wurde es »uraufgeführt«, die Weltpremiere fand am 16., weitere Aufführungen fanden am 20., 23. und 30. April 1939 statt, und zwar anläßlich der Einweihung des neuen Pfarreisaals, der den Namen »Saal der Erinnerung an die Päpstlichen Zuaven aus Campbon« erhielt, was vermuten läßt, daß das Stück auch in den Dörfern des Umlandes gespielt wurde, vielleicht sogar in Nantes, denn die Bühnenmusik stammt von Abbé Courtonne, dem Organisten der Kathedrale Saint-Pierre, das Theaterprojekt hat sich also möglicherweise höherer Förderung erfreut, worauf auch das vom Generalvikar von Nantes, Joseph Guiho, erteilte Imprimatur hindeutet. Immerhin, diese Veranstaltung zum Gedenken an das Massenaufgebot unserer wackeren Bürger zur Verteidigung des Kirchenstaates bedeutet für unser ländliches Campbon den Einzug in die Literatur. Die Orts- und Personennamen sind wirklich von hier. Im Stück sieht man einen Sohn, François, siebzehnjährig, der seinen Eltern, Vater und Mutter Briand genannt, verkündet, er werde sich den neuen Legionen für den Glauben anschließen, um als männlicher Nacheiferer von Jeanne d'Arc den roten Teufel zu verjagen. Was eher, obwohl niemand sich wie ein Fuhrknecht ausdrückt, an ein bäuerliches Trauerspiel denken ließe, doch das erste Bild, dem ein von Psalm 7 *(Auf dich, Herr, mein Gott, traue ich! Hilf mir von allen meinen Verfolgern und errette mich)* abgeleiteter Prolog vorangestellt ist, bezeichnet als Exposition den Kern der Handlung: die militärische Bedrängnis des Papstes und die politisch-religiöse Krise, verbunden mit der Gefahr einer Internationalisierung des römischen Konflikts vor dem Hintergrund der Einigung Italiens und der Loslösung der Gesellschaft von der Kirche. Die erste Szene versetzt uns also nach Chambéry, wo – das ländliche Stück gewinnt gleich an Größe – Napoleon III. die Gesandten Viktor Emanuels empfängt, die mit einem Hilfeersuchen zum Kaiser gekommen sind, welcher, nachdem er, nervös und ständig am Bärtchen zupfend, sein Arbeitszimmer in allen Richtungen durchmessen hat, den Kopf in die Hände legt und stöhnt: *Der Papst, immer der Papst, diese römische Frage bringt mich noch um den Verstand.* Zwar tat dies dann eher die preußische Frage, doch das Gipfeltreffen soll uns die diplomatische Sackgasse veranschaulichen und den Theatercoup des zweiten Bildes vorbereiten, wo, angesichts der Ohnmacht der von der Komplexität der Ereignisse sichtlich überforderten Regierenden, unsere Bauern die Sache in die Hand nehmen (eindeutige Anspielung an die Chouannerie, wo auch die Bauern den Baron de Charette, der ihren Aufstand anführen sollte, unter dem Bett hervorziehen mußten, wo er sich versteckt hatte, weil es ihn wenig nach Verteidigung von König und Religion gelüstete). Und so kehren wir mit dem zweiten Bild in eine vertrautere Umgebung zurück, wir verlassen nämlich die kaiserlichen Gemächer und begeben uns in den Hof der Familie Briand (*ins Innere des Hauses, das so gestaltet ist, daß ein in der Mitte der Bühne herabgelassener Vorhang eine Landschaft um Campbon mit der Chapelle Saint-Victor darstellt* – der Ort der Handlung ist damit eindeutig bezeichnet, denn besagte Kapelle ist unser Eiffelturm), wo Vater Briand vom Feld heimkommt und seiner Frau, die sein sorgenvolles Gesicht bemerkt, erklärt, die Armee des Papstes sei völlig aufgerieben, alles sei noch schlimmer, als es zunächst geheißen habe, auch die Armee von Lamoricière, diesem großen Christen, gebe es nicht mehr. Worauf sein Eheweib antwortet: *Großer Gott!*, und zwar so prompt, daß wir sofort wissen: Die hat verstanden, wer bei dieser Geschichte in Wirklichkeit gemeint ist.

Durch dieses Verkürzen der Entfernungen und das befremdliche Auf-eine-Stufe-Stellen der Mächtigen dieser Welt mit gewöhnlichen Bauern soll uns anschaulich gemacht werden, wie sehr doch das Schicksal der Ewigen Stadt in den Händen der Gläubigen liegt (insonderheit der Familie Briand), auch wenn der Eilmarsch, mit dem dieser Übergang vom Globalen zum Lokalen und vom Universellen zum Besonderen bewältigt wird, zwar unsere Mannschaft ehrt, aber gleichwohl nicht ganz überzeugt und das Werk nicht über die regionale Bedeutung hinaushebt. Oder sollte vielleicht dieses Zusammenrühren heterogener Elemente den Sinn haben, uns zu überzeugen, daß vor dem Angesicht Gottes – oder der Literatur – alles gleich sei? Daß Campbon und Rom, das Bauernleben und das Taktieren der Mächtigen, François Briand und Giuseppe Garibaldi, daß das alles dieselbe Aufmerksamkeit, dasselbe Interesse, dieselbe Anteilnahme verdiene? Wie dem auch sei, in der dritten Szene des zweiten Bildes tritt als entscheidende Figur François Briand auf, ein junger Mann von siebzehn Jahren, der mit seiner Überzeugungskraft die Kameraden für das ultramontane Abenteuer begeistert, wofür er allerdings erst die väterliche Autorität überwinden muß, was aber kein großes Problem darstellt, da Vater Briand zwar grimmig dreinblickt, aber selbst gern diesem Garibaldi eins aufs Haupt gegeben hätte, wäre er jung genug dazu gewesen (zwanzig, und was er täte? *Wie mein Großvater [anno 1793] würde ich dieses Gewehr von der Wand nehmen und Pius IX. verteidigen gehen, damit diese Banditen ihn nicht anrühren können*). Keine Schwierigkeiten auch von seiten der Mutter Briand, die zwar Tränen vergießt, aber hocherfreut feststellt, daß die Vorsehung ihren Sohn dazu auserwählt hat, der mütterlichen Obhut entzogen und zu heiligem Kanonenfutter gemacht zu werden – im fünften Bild mit der Überschrift *Tod eines Zuaven* (zum Glück ist es nicht François) antwortet übrigens *Ein Verwundeter*, der eben vom Sieg unserer Truppe erfahren hat, dem Baron de Charette (wohl ein Nachkomme des anderen), der väterlich bekümmert fragt: *Hast du Schmerzen, Junge?* mit: *Ja, aber diese Tage sind die schönsten meines Lebens. Weil ich für Gott leide. Ich habe drei Wunden zu Ehren der allerheiligsten Dreifaltigkeit.* Und Charette (sich abwendend): *Himmlisch sind sie!*

Natürlich sind wir unter Männern. Das beweist schon ein Blick auf das lange Verzeichnis der Personen und ihrer Darsteller (einundvierzig), die durchweg männlich sind, mit Ausnahme der Mutter Briand, die – so das im Heft liegende, von den Grands Magasins Decré in Nantes herausgegebene und am Tag der Premiere verbreitete Flugblatt – von E. Violain gespielt wird, wobei E. für Emil, den vom Bekleidungsgeschäft, stehen könnte, die mittelalterliche Tradition wäre also gewahrt, die Bischöfe verbieten ja noch immer, daß die weiblichen Rollen in Passionsspielen von Frauen dargestellt werden.

J. Jallais spielt Napoleon III., N. Tremblay und P. Caillon teilen sich in die beiden anderen prominenten Rollen des Papstes und Viktor-Emanuels, wobei N. Tremblay die päpstliche Kalotte später gegen die echte Trikoloren-Schärpe des Gemeindevaters tauscht. Doch die zentrale Gestalt des Stückes ist François Briand. Und wen hat man (*man*, das muß Abbé Bernard gewesen sein, denn ein Regisseur ist nirgends vermerkt) mit der Verkörperung des jungen Rebellen betraut? J. Rouaud, unseren Vater. Der im April 1939 genau das Alter der Rolle hat: siebzehn. Regieanweisung: *Elf junge Burschen sind vor der Kapelle versammelt. Ganz gebannt hören sie François reden* (elf, das wären alle Apostel ohne den Verräter, eine geläuterte Mannschaft sozusagen). Und was spricht der neue Messias? Er beginnt mit einem Bravourstück, der

Schilderung der Schlacht zwischen den Truppen Lamoricières, welchen fallengelassen zu haben er Napoleon III. beschuldigt, der beiläufig als Freimaurer bezeichnet wird – ein Grund, sich um die künftige politische Orientierung des Abbé Bernard in der heraufziehenden finsteren Zeit zu sorgen –, und den Truppen Garibaldis. Schließlich ist Lamoricière geschlagen, und die Überlebenden werden gefangengenommen. Was tun? fragen sich die Burschen verzweifelt. Energische Antwort von François: *Wir werden nicht hier unseren Kohl anbauen, während in Rom der Papst beraubt wird.* Wobei *unseren Kohl anbauen* im Sinne der Redensart zu verstehen ist, gegen eine Romfahrt wäre nichts einzuwenden gewesen, hätte sie nicht für die Freiwilligen ein gewisses Risiko bedeutet. Ein Argument, das François in einem anderen Bild, wo Charette ihn prüfend fragt – *Und du, Mann aus Campbon* –, mit einer Handbewegung abtut: *Ach, für mich gibt es keine Gefahr, und außerdem, sollte ich sterben müssen, ich glaube, ich wäre bereit.*

Als Außenstehender mag man lächeln. Aber man stelle sich vor, der Mann, den man so etwas sagen läßt, sei der eigene Vater, der fünf Kriegsjahre lang den Tod zum Narren halten wird und der dann, ja, fast möchte man sagen als müder Krieger, an einem Tag nach Weihnachten mit einundvierzig Jahren stirbt, und dieser plötzliche Tod, so unwahrscheinlich das sein mag, trete ein, nachdem er wenige Minuten zuvor mit dir geplaudert und dir dann eine gute Nacht gewünscht hat – und für morgen schon einen schönen Namenstag – denn das ist der 27. Dezember für diejenigen, die zum Namenspatron den vierten Evangelisten haben, dessen Fest an diesem Tag begangen wird. Da erhält dieser pompöse Satz in unseren Ohren plötzlich einen prophetischen Unterton, als faßten diese wenigen Worte das Wesentliche seines künftigen Lebensprogramms zusammen. Wie soll man davon nicht seltsam berührt sein? Und sollte man nicht annehmen, daß dieses Mimen des patriotischen Rebellen vier Monate vor dem Ausbruch des Weltenbrandes, wo die Regierenden ähnlich versagten, ihn auf sein Engagement auf der Seite der Gedemütigten vorbereitete? Vielleicht hat er, als die deutschen Truppen ins Dorf einrückten, vor der Kapelle oder anderswo seine Kameraden zur Fortsetzung des Kampfes zu überreden versucht und seine Brandrede mit François' Worten beschlossen: *Was mich betrifft, so steht mein Entschluß fest.* Oder mit dem Satz, den er an anderer Stelle zu einem Zuaven sagt: *Siehst du uns mit verschränkten Armen ohnmächtig zuschauen, wenn die auf der anderen Seite kämpfen?* Er beherzigte die Lehre selbst. Und die Kraft und die Unbekümmertheit der Jugend ließen ihn wahrscheinlich den ganzen Krieg hindurch dieses Gefühl haben, daß es für ihn keine Gefahr gebe, was er so deutete, daß er eben Glück gehabt habe, aber mit einundvierzig sterben, fühlte er sich dazu wirklich bereit? Gegen das Ende hin beschlichen ihn Zweifel, die er dem Beichtvater anvertraute, und er wurde schwankend im absoluten Glauben seines Vorbildes François, welcher nach der siegreichen Schlacht siebzehn gegen tausend den Wachtmeister fragt: *Und Sie, haben Sie nie gezweifelt?* Darauf der Wachtmeister: *Zweifeln? Manchmal kommt mich so etwas an.* Jedenfalls macht die Lektüre dieses erbaulichen Dramas spätestens hier deutlich, daß man in Campbon an der unteren Loire nach Höherem strebte, daß ein Tod im Ruch der Heiligkeit die Ausrichtung eines ganzen Lebens bestimmte und daß dieses also, was die Spiele der Liebe betrifft, wohl kein reines Vergnügen war.

Ganz spät, und als wollte sie sich zu ihrer Sexualität bekennen und für die Zeit vor ihrer Witwenschaft ihr volles und ganzes Frausein geltend machen, hat Mama uns anvertraut, daß Joseph, der ihr einziger und ausschließlicher Mann war, einmal bei der Beichte vom Priester streng zurechtgewiesen wurde, nachdem er, natürlich auf eindringliches Befragen des Inquisitors, für welchen man sich den unerforschlichen Wegen der Vorsehung blind unterwerfen mußte, angegeben hatte, daß man in der ehelichen Gemeinschaft mit der Gattin natürlich Vorsichtsmaßnahmen ergreife, bevor man zum Akt übergehe, was nun der andere, der sich in der Materie scheinbar bestens auskannte, partout nicht verstand, obwohl er sein Ohr an das hölzerne Gitter in der Trennwand des Beichtstuhls legte und die Hand zum Schalltrichter formte, um ja kein Wörtchen des abgenötigten Sündenbekenntnisses zu verpassen, auf welches hin sich im Dämmer, aus dem sich das weiße Chorhemd abhob, sogleich die Geisterstimme erhob und eine von dreihundert Jahren Gegenreformation geschmiedete Beweiskette abzuspulen begann, die auf das Wachset-und-vermehret-euch hinauslief, folglich hatten unsere Eltern schwer gegen Gottes Wort gesündigt, wenn sie ihren Beitrag zur Vermehrung SEINER Schafherde verweigerten (bei ihm war das etwas anderes, er hatte das Keuschheitsgelübde abgelegt), und unser Vater werde wohl wissen, was er zur Buße für seine Sünden zu tun habe, nein, nicht wie sonst ein halbes Dutzend Rosenkränze beten, sondern dieselbe Anzahl Kinder in die Welt setzen. Das Kind als Buße. Diese Maßregelung ereignete sich aber nicht etwa zu Zeiten des Mönchs Louis-Marie Grignon de Montfort, des Großinquisitors der Seelen Westfrankreichs und grimmigen Gegners des Jansenismus, dem hierzulande einige hohe Herren anhingen (zum Beispiel der Marquis de Cambout von unserem Herzogtum von Coislin, der mit Port-Royal korrespondierte, wir hatten also die Wahl zwischen Moral und Ultramoral, zwischen der Moral der Fürsten und der der Kirche, man kann sich etwa vorstellen, wie groß unser Spielraum war und was uns an irdischen Genüssen übrigblieb, denn Grignon markierte die Routen seiner Missionsreisen wie ein kleiner Däumling gewissenhaft mit steinernen Erinnerungszeichen, in Pontchâteau errichtete er eine monumentale Kreuzigungsgruppe, in Saint-Philibert-de-Grand-Lieu hinterließ er den Stein, der ihm angeblich als Kopfkissen gedient hatte, Weichheit sollte man ihm nicht nachsagen können, so wie sich Sittenstrenge ja auch nur mit noch größerer Strenge überwinden läßt, in Saint-Laurent-sur-Sèvres schließlich sein Grab sowie Kongregationen in rauhen Mengen, um das Weiterwirken seines Apostolats zu sichern, unsere glorreichen Zuaven sind der Beweis, daß es tatsächlich immer weitergewirkt hat), sondern noch zehn Jahre nach dem Ende des Zweiten Weltkriegs, als selbst unsere katholischen Familien, ausgenommen vielleicht die polnischen, irischen und die paar ganz frommen in unserer Ecke, die Temperaturkurven des japanischen Arztes Ogino Kyusaku konsultierten – nicht verwunderlich, daß die Wundermethode aus Japan kam, wo immer die größte Enge herrschte – und ihre Ausflüge ins Reich der Sinnlichkeit nach dieser Art Wettervorhersage planten. Die freilich nicht immer ganz zuverlässig war, denn wir wissen, wer hat uns das nur verraten? daß unsere besagte Mama, nachdem sich das nicht vorgesehene Nesthäkchen angekündigt hatte, ihrer Ungehaltenheit über seine verfehlte Interpretation der Neunmonatsprognosen dadurch Nachdruck verlieh, daß sie unserem Papa eine Enthaltsamkeitskur verordnete.

Das Kino war damals längst erfunden, und den Mundkuß in Großaufnahme praktizierte man in Hollywood, wo man sogar ein Wettküssen veranstaltet hatte, seit Jahrzehnten, doch die Kirche war unschlagbar im Vereinnahmen sämtlicher neuen Kommunikationsformen, und weil sie die Oberaufsicht über die Programmgestaltung haben wollte, betrieb sie eifrig die Einrichtung von Pfarreikinos. Die gestrenge Garde der Monfort-Jünger behielt alles im Auge. Im Kino Saint-Victor, benannt nach unserem Gründer-Eremiten, dessen Überreste in der ihm geweihten benachbarten Kapelle ruhen, durften wir beispielsweise *Der rote Ballon* von Albert Lamorisse sehen, oder, vom selben Regisseur, *Die Reise im Ballon*, oder auch *Der weiße Hengst*, ebenfalls von Lamorisse, weshalb wir dachten, er müsse der einzige sein, der keine Erbauungsfilme drehte, denn ansonsten gab's nur Leben der Bernadette Soubirous, Leben der Therese von Lisieux, Leben des heiligen Vincent von Paul, und da war über die Rituale der Liebe wenig zu erfahren. Denn daß Paare sich vor aller Augen und in aller Öffentlichkeit geküßt hätten, das gab es schlichtweg nicht. Auch nicht am Hochzeitstag. Später konnte man, wieder im Kino, sehen, wie Brautleute, nachdem sie sich das Jawort gegeben hatten, sich einander mit gespitzten Lippen zuneigten und einen Kuß tauschten, im Angesicht des Gekreuzigten, vor den Augen des Priesters, den das nicht zu schockieren schien. Aber das war wohl in einer anglikanischen Kirche, die ja bekanntlich aus einem Ehebruch, einer Verstoßung, einem Ehe-Deal hervorgegangen ist, bei uns jedenfalls ganz sicher nicht, wir hatten unseren Abbé Travaillé, der von der Kanzel herab brüllte: *Oh, der Dämon*, und jenen anderen, der sich aus seinem Beichtstuhl heraus in die eheliche Intimsphäre einschlich. In

Campbon, Departement Loire-Inférieure, also keine Zärtlichkeitsbekundungen. Weshalb Papa, wenn er von seinen Wochentouren heimkam, unsere Mama mit einem Kuß auf die Wange begrüßte. Man folgere nichts daraus, weder Ungewißheit der Gefühle noch Verlust der Zuneigung. Ich weiß jetzt.

Über ihre erste Begegnung könnte ich sogar mehr erfahren. Ich müßte nur nachfragen. Aber abgesehen davon, daß Blanche Mulvet, die Tochter des Tramier-Bauern, gestorben ist, haben die Zeitzeugen, was immer sie behaupten, wenig zu berichten, bloß sehr viel über sich, was man verstehen kann, aber man überlegt sich dann auch zweimal, ob man ein Treffen mit ihnen vereinbart. Sie geben einen Gesamteindruck von der Art *der Mann war phantastisch*, dann geht ihr Blick auf einmal ins Leere, scheint sich in fernen Zeiten zu verlieren, wo sie dem Menschen zu begegnen hoffen, der sie so beeindruckt hat, und danach ist es wie bei einem Traum, sie können nicht wiedergeben, was sie gesehen haben, oder näher bezeichnen, was denn so phantastisch war an ihm, und fangen auch gleich wieder an, aus ihrem eigenen Leben zu erzählen, wo der, über den man etwas erfahren möchte, schon nicht mehr vorkommt. Die Interessen sind eben verschieden, jeder sieht die Dinge aus seinem Blickwinkel. Der, den sie gekannt haben, würde auf eine einzige Tonbandkassette passen. Nicht aber unser Vater. Es gilt also, sich mit beiläufig Erwähntem zufriedenzugeben, mit flüchtigen Bildern von diesem Mann, der mit einem Lagerverwalter in eine nahe Bar entwischt, um auf die Geburt eines Kindes anzustoßen – und du weißt nicht einmal, wessen Kind es war –, oder einer Ladeninhaberin die Buchhaltung umschreibt, wobei er, der Unbescholtene, Rechnungen fälscht, damit die über Nacht zur Witwe gewordene und in kaufmännischen Dingen wenig beschlagene Frau nicht in Schwierigkeiten gerät, oder der einer Familie Ratschläge gibt, was die Kinder studieren sollen, er, der so gern studiert hätte und nicht durfte. Man müßte die Geduld des Forschers und die Leidenschaft des Rechercheurs haben, man müßte nachgraben, herumfahren, Leute befragen, Standesamtsregister durchforsten, die Auftragsbücher nach den Adressen der Kunden auswerten, Hotel- und Restaurantrechnungen sichten (ein Sandwich als Mahlzeit gab's für ihn nicht, und zu jedem Essen gehörten ein Viertel Wein und ein Kaffee), die letzten noch lebenden Hoteliers, Ladenbesitzer, Lieferanten und Vertreterkollegen aufsuchen, bereit sein, im Umkreis von fünfhundert Metern jeden kleinen Hinweis aufzuklauben. Ich bin aber so beschaffen, daß ich nicht immer vom Schreibtisch aufstehe, um etwas nachzuschlagen, obwohl das Bücherregal kaum eine Armlänge entfernt ist, sondern lieber die Erinnerung in dem Zustand weitergebe, in dem sie ist, und mich vom Zufall der Begegnungen, Gespräche, Entdeckungen leiten lasse, wobei ich mir einrede, die Phantasie, die oft mit feinem Gespür die Leerstellen ausfüllt, werde schon das übrige besorgen. Wenn man zum Beispiel auf einen Brief intimen Inhalts stößt, kann es einem ja auch passieren, daß man sich nicht berechtigt fühlt, ihn zu lesen, und ihn, gleichsam diskret den Blick abwendend, in den Umschlag zurücksteckt.

Ich hatte sie allerdings schon gelesen, diese Briefe aus der Zeit ihrer Verlobung, von unserem Vater geschrieben und folglich von unserer Mutter aufbewahrt – nicht andächtig, wie der gängige Ausdruck nahelegen würde, der hier aber wohl nicht der richtige wäre, man weiß ja, wie sie Erinnerungsgegenstände und Schriftstücke in Tüten oder Kartons stopfte, um sie dann zu vergessen und nie wieder hervorzuholen –, und zwar in einer rot lackierten und mit Perlmutt-Blattwerk verzierten Schatulle, die länglich und schmal war, das heißt dem Format der Briefe überhaupt nicht angepaßt, so daß diese mit den Jahren die Krümmung von Regenrinnen angenommen hatten. Auf graublauem Papier und mit einer Schrift, die noch nicht ganz die des reifen Mannes ist, erstreckt sich der Briefwechsel von der ersten Begegnung, als sie einander ihre Liebe noch nicht gestanden hatten, bis wenige Tage vor ihrer Hochzeit, die er mit erkennbarer Ungeduld herbeisehnt, wohl weniger des kirchlichen Segens als der darauf folgenden

Nacht wegen. Zumindest habe ich diesen Eindruck bewahrt von jener ersten Lektüre gleich nach der Entdeckung der Briefe, in meiner Jugend, mit dem Gefühl, daß sie ein Teil meiner Vorgeschichte waren, als hätte dort mein Dasein begonnen, zur konkreten Perspektive zu werden, an dieser Schnittstelle der Kommunikation, das heißt in der Tasche des Briefträgers, dem die Aufgabe zufiel, die beiden Hälften zusammenzubringen und sie zum Ganzen zu fügen, denn daraus, aus diesem verliebten Austausch von Botschaften, bin ich hervorgegangen, ein unfreundliches Wort oder ein kleiner Disput hätten genügt, um alles zunichte zu machen. Aber kein Zweifel, dieser Mann liebte diese Frau, die er, auch wenn ihm offensichtlich ihre Gefühle weniger entschieden vorkommen, erst *meine liebe kleine Annick* nennt, dann *mein geliebter kleiner Spottvogel,* schließlich *mein geliebter kleiner Wolf*. Es wäre ein leichtes, mir den gesamten Briefwechsel erneut vorzunehmen und die große Vielfalt der Anreden herauszuarbeiten, aber das ist es gerade: Die Briefe liegen zwar immer noch am selben Ort, im selben Schubfach desselben Schranks im selben Zimmer zur Straße hin, in dem ich geboren bin – in Familienhäusern soll man die hergebrachte Ordnung nicht stören, sie ist das Ergebnis einer langen Sedimentation, das Werk mehrerer Generationen –, aber nach dem Tod des *kleinen Wolfs* war ich, obwohl ich es gern getan hätte, nicht in der Lage, sie erneut zu lesen. Jetzt, wo die kleine Annick wieder bei ihrem großen Joseph war, kam ich mir, wenn ich die blauen Bögen in die Hand nahm, wie der inquisitorische Geistliche vor, der sich in die Heimlichkeit ihrer Intimität einschleichen wollte. Und so habe ich das ganze Bündel der Briefe in sein chinesisches Kästchen zurückgelegt, um die beiden allein zu lassen in ihrer neuen und ewigen Hochzeitsnacht.

Übrigens konnte man, ohne daß darin die Begegnung selbst zur Sprache kam, auch einem Brief sehr viel entnehmen, den Joseph einige Wochen vor dem Waffenstillstand an seine Tante Marie geschrieben hatte. Der Ton dieses Briefes ist so scherzhaft und übermütig, daß die Aussicht auf ein Ende der Kriegsfeindseligkeiten, die der junge Mann eher skeptisch beurteilt, nicht ausreicht, um zu erklären, warum alles plötzlich so wunderbar sein soll in der besten aller Kriegswelten. Tante Marie muß etwas gemerkt haben, sie kannte ihren Neffen, von dem sie wahrscheinlich noch vor kurzem weniger humorige Botschaften erhalten hatte, denn da jammerte er noch in seinem Bauernhofversteck hinter dem Wald, daß sich seine inoffizielle Verlobte nicht melde. Den Postweg konnte er nicht benutzen (eine Anschrift von der Art: Monsieur Joseph Rouaud, versteckt auf dem Hof von Monsieur Mulvet im Weiler Le Tramier, wäre unklug gewesen, außerdem hätte der Briefträger den Adressaten nicht gefunden, denn der gefälschte Personalausweis hatte ihn zu Joseph Vauclaire gemacht, geboren in Lorient – der gleichfalls gefälschte Ausweis, den er vor seinem Untertauchen hatte, gab zwar den richtigen Namen an, machte ihn aber vier Jahre älter), doch bekanntlich fand man auch in diesen finsteren Zeiten Mittel und Wege, um eine Nachricht zu übermitteln. Es war übrigens Bernadette, genannt Dédette, die jüngste Tochter des Schneidermeisters Brégeau, wohnhaft in Riaillé – in dieser Gemeinde lag der Weiler Le Tramier –, die als Kurier fungierte. Ihre ältere Schwester Claire, genannt Clairo, war vor einiger Zeit nach Campbon ausgewandert, wo ihr Mann, der dort einen Getreidehandel übernommen hatte, so enge Freundschaftsbande mit dem jungen Haushaltswarenhändler knüpfte, daß er die in Riaillé verbliebene Familie seiner Frau bat, ihm bei der Suche nach einem sicheren Versteck für den jungen Deserteur zu helfen. So kam die Verbindung zwischen den beiden etwa sechzig Kilometer auseinanderliegenden Gemeinden zustande. Die Voraussetzungen für das Kennenlernen waren damit gegeben, denn hinter den beiden Schwestern verbarg sich eine dritte, die man, weil sie von zurückhaltender Art war und lieber zu Hause erlesene Filzpantoffeln herstellte, weniger oft sah, von Joseph jedoch gesehen wurde, der darob seinen Kummer vergaß. (Es gab sogar eine Zeit, in der sein Herz so schwankend war, daß er sich brieflich Claire anvertraute, sie antwortete ihm, das sei eine vertrackte Situation, die für drei Personen schmerzlich werden könne. Wohl um ihre jüngere Schwester zu schützen, riet sie dem jungen Mann von einer Liebeserklärung ab, vielleicht hatte er aber auch zu diesem Zeitpunkt seine Liebe schon gestanden und wußte nun nicht, wie er aus dieser tragikomischen Lage herausfinden sollte, die wohl für alle drei, ihn, Annick und die inoffizielle Verlobte, peinvoll war.)

Doch als er am 12. April 1945 an seine Tante schreibt, ist es offensichtlich ausgestanden. Kein Zweifel, er hat Ordnung in seine Herzensangelegenheiten gebracht. Diese Seligkeit, die im Brief spürbar ist, kann nicht täuschen. Es ist die eines verliebten jungen Mannes, der sein ganz frisches Glück in um so volleren Zügen genießt, als er weiß, was es ihn gekostet hat, welche Qualen und Kämpfe. Es ist ein jubelndes Glück, das nur von einer Entscheidung herrühren kann: Joseph hat seine Wahl getroffen, der einen mitgeteilt, daß es aus sei, und der anderen, daß er nun frei sei, sie zu lieben. Ohne Tragik geht sie nicht ab, diese Klärung der Gefühle, doch davon schimmert nichts durch, nichts in seinen Worten würde auch nur ahnen lassen, daß er soeben als Sieger in etwas hervorgegangen ist, was, weit mehr als sein Einsatz im Untergrundkampf, seine erste Bewährungsprobe als Mann war – nichts, außer eben dieser fast forcierten Fröhlichkeit des Tons, die als Geständnis zu werten ist.

Der viermal gefaltete Brief steckt in einem winzigen Umschlag, der eigentlich für die Visitenkarten der damaligen Zeit gedacht war, und die waren halb so groß wie Spielkarten, wodurch sie beim Begrüßen unauffällig von Hand zu Hand wandern konnten, bei einer Dame auch, ohne daß es sie sonderlich belästigt hätte, in den Ausschnitt der Bluse, obwohl man sich im gegebenen Fall die Empfängerin des Briefes nicht als so üppig vorstellen darf, daß sie galante Billetts im Dekolleté hätte verschwinden lassen können, sie war flachbrüstig und hager, ein kleines Persönchen in sackähnlichem, knöchellangem Rock, die Bluse bis zum Hals zugeknöpft, den Hut völlig achtlos aufgesetzt, das Ganze in Schwarz, Anthrazit oder Mausgrau, als einziger Farbtupfer ein violetter Schimmer im Haar, hineingebracht von ihrer modebewußten Friseuse, welche ihre Färbungsmittelchen mit so lockerer Hand über das weiße Haupt der Lehrerin ausschüttete, wie sie im Kaffee, das sie neben ihrem Salon betrieb, die Gläser füllte, nämlich keinesfalls zu knapp, um nicht in den Ruf der Knickrigkeit zu geraten. Doch das winzige Format dieses Briefumschlags, auf dem als Adresse lediglich der Name der Empfängerin steht, Mademoiselle Marie R., was bedeutet, daß er persönlich übergeben wurde oder in einem größeren Brief steckte, dessen Empfänger, eine Person des Vertrauens, als Zusteller zu fungieren hatte, dieses Format scheint eigens erfunden worden zu sein für jene Zeit der Heimlichkeit und die damit verbundenen Einschränkungen, wo alles so klein, so unauffällig, so wenig sichtbar wie nur möglich sein mußte, es mangelte ja auch an allem, an Papier natürlich besonders, weshalb man auf kleine Schnipsel ganze Romane zu schreiben hatte, doch jetzt, seit kurzem, hatte man diese Versteckspiele nicht mehr nötig, es gab zwar immer noch Enklaven des Widerstands gegen den Widerstand, wie etwa die Gegend von Saint-Nazaire, die erst am 11. Mai, also drei Tage nach dem Waffenstillstand, befreit wurde – man fragt sich, welche Sender sie gehört haben, diese Deutschen, daß bei ihnen der Groschen immer noch nicht gefallen war, vielleicht glaubten sie auch an einen Propagandatrick –, aber jetzt war die Sache so gut wie überstanden, der Brief ist nämlich vom 12. April datiert, Befreiung demnächst für alle, außer für jene, die sich schlecht benommen haben, es sei denn, sie konnten es geschickt vertuschen, und diese Aussicht auf ein Ende des fünfjährigen Alptraums könnte durchaus den Ton rechtfertigen, der, wie gesagt, scherzhaft und übermütig ist, etwas zu übermütig vielleicht, als müsse das befreite Vaterland für etwas anderes herhalten. Die sich so unschuldig, so treuherzig gebende Ausgelassenheit ist vor allem die eines verliebten Gemüts, das sein ganz neues Glück nicht kundzutun wagt, vor allem nicht Tante Marie gegenüber, die tapfer das Haus gehütet hat während der Jahre, in denen ihr Neffe im Untergrund war, welcher sie nun offenbar schonen will, er kennt ja ihre Empfindlichkeit und Sittenstrenge und mag sie nicht vor den Kopf stoßen. Also schön eins nach dem anderen, schreiben wir zunächst, daß es alles zum besten steht, und wenn dann nach dem Warum der blendenden Verfassung gefragt wird, kann man nebenbei immer noch den eigentlichen Grund preisgeben. Zunächst also, was der aufständische Neffe zur Zeit allgemein treibt: *Rasch ein paar Worte, damit Du Dir keine Sorgen machst. Bin immer gesund und munter. Stecke dick in der Arbeit. Pierre ist da. Victor getroffen, ganz in der Nähe.* Es folgt die Mitteilung, daß er einen neuen Chef bekommen werde, weil er die Firma wechsle, *Transportwesen, sehr interessant, weil sehr, sehr lange Touren.* Diese letzten vier Wörter unterstrichen. Hintersinn: Es wird eine ganze Weile dauern, bis du mich wiedersiehst. Mit gutem Grund. Bei der angeblichen Transportfirma handelt es sich nämlich um das 12. Train-Geschwader. Vertuscht er absichtlich seine Eingliederung in diese Einheit, um seiner Tante, die nur noch ihn und seinen Cousin Emile hat, nicht noch mehr Kummer zu machen, oder fürchtet er, da Campbon sich in der noch besetzten Enklave von Saint-Nazaire befindet, er könne etwas verraten oder das letzte Mitglied seiner Familie der Gefahr von Repressalien aussetzen, oder aber handelt es sich, was die Lehrerin zu seiner Mitverschwörerin machen würde, um eine Art Geheimsprache zwischen ihnen, wenn er zum Beispiel über das *Restaurant* witzelt, in dem er *ein Zimmer genommen* habe und in dem das Essen nicht eben vom Feinsten sei, oder wenn er, das Bild der Firma weiterspinnend, einen Vorarbeiter, der dann sein direkter Vorgesetzter wäre, als pfundigen Kerl bezeichnet, und von seinen Kameraden, angeblich seinen Arbeitskollegen, eine Schilderung gibt, die einer Kasernenstubengeschichte zum Verwechseln gleicht. *(Mein Zimmerkollege lacht sich einen Ast, denn ganz still und heimlich ist eine Maus unter seine Decken geschlüpft. Wir haben sie nicht erwischt, aber das Tintenfaß ist über seinem Brief umgekippt. Jetzt mault er. Er mißt 1,92 m und hat den Spitznamen Wolkenkratzer, sein bester Freund ist natürlich ein Winzling, 1,55 m groß. Die sind zum Totlachen, die beiden.)* Und wenn er gesteht, Philosoph geworden zu sein und Psychologie zu studieren, so hat er sich wohl nicht in wissenschaftliche Werke vertieft, es ist eher davon auszugehen, daß er seiner Tante augenzwinkernd zu verstehen gibt, das Kasernenleben fordere so manches von ihm, was nicht seinem Naturell entspreche, und in der Tat bescherte ihm sein freiheitsliebendes Temperament ein paar Tage Arrest wegen Verstoßes gegen die Disziplin.

Um die Spuren noch weiter zu verwischen, tut er so, allerdings immer witzelnd, als wäre eine Mobilisierung für ihn etwas Schlimmes *(Ich glaube, in zehn Jahren wird der Krieg vorbei sein, und als Methusalem werde ich dann keine Angst haben müssen, noch eingezogen zu werden)*, in Wirklichkeit haben wir den Beweis, daß er sich am 5. Februar 45, und zwar für die Dauer des Krieges, in der regulären Armee verpflichtet hat und in die Transporteinheit 625–285° CIE eingerückt ist, Leutnant Thibault hat dies auf einem Formular *Bestätigung der Truppenzugehörigkeit* mit seiner Unterschrift bescheinigt, desgleichen Leutnant Brante auf einem anderen Formular, das ebenso offiziell, wenn auch nur maschinengeschrieben ist. Anhand der erhaltenen Schriftstücke läßt sich seine Spur vom Zeitpunkt des Untertauchens an verfolgen: Bestätigung des *Mouvement de Vengeance* über seine Zugehörigkeit zum Freikorps seit dem 5. Februar 44, Bescheinigung des Kompanieführers François de Turquat, daß er vom 5. August 44 bis zum 12. Dezember 44 im 3. Bataillon der *Forces françaises de la Loire-Inférieure* ehrenvoll als Freiwilliger gedient hat, ein mit dem 5. Oktober 44 datierter Beleg für einen dienstlichen Auftrag, verbunden mit der Genehmigung, zu jeder Tages- und Nachtzeit mit jedem beliebigen Fortbewegungsmittel unterwegs zu sein, eine *Ständige Verkehrserlaubnis (An-*

gehörige der Streitkräfte) vom 17. November 44, mit Vermerk seiner Zugehörigkeit zum *2e Bureau de Loire-Inférieure,* eine Anwesenheitsbestätigung, aus der hervorgeht, daß er in der Zeit vom 12. Dezember 44 bis einschließlich 5. Februar 45 Leutnant Gaston Ple vom Nachrichtendienst DGER als Verbindungsmann unterstellt war, eine Erlaubnis, die amerikanischen Linien zu passieren, aufgestempelt auf einen seiner gefälschten Personalausweise mit dem Datum 3. März 43: *Permit this agent to pass through american lines,* ein Sold-Personalbogen der *Forces françaises de la Loire-Inférieure,* auf dem der September 43 als Beitrittsdatum zur Résistance angegeben ist und der ihn am 6.3.45 zum Bezug von 2909 Francs abzüglich 121 Francs Steuern berechtigt, seine Demobilisierungsurkunde, ausgestellt vom 12. Train-Geschwader, Kompanie 101, Marceau-Kaserne, Limoges, aus der hervorgeht, daß er den Grad eines Feldwebels innehatte (genau wie sein Vater im Ersten Weltkrieg), daß er vom 15.10.45 an zwei Wochen lang die öffentlichen Verkehrsmittel kostenlos benutzen durfte und daß er dreißig Tage Sold, dreißig Tage Tabak, dreißig Tage Lebensmittelmarken sowie 1000 Francs Demobilisierungsprämie ausgehändigt bekam, insgesamt ein dickes Bündel von Schriftstücken, versammelt in einer abgewetzten Lederbrieftasche, fast schon einer Dokumentenmappe, die sich im Panzerschrank fand, den sein Vater, wohl in Erwartung üppiger Einkünfte, in den dreißiger Jahren angeschafft hatte, und dort wurde sie allmählich unter Schuldscheinen begraben, woraus man ersieht, daß er, genauso wie unsere Mutter, auf fromme Andenkenverehrung sehr wenig gab, und wir werden in dieser Annahme bestätigt durch den Mitgliedsausweis der Vereinigung ehemaliger Widerstandskämpfer, auf dessen Rückseite ein einsamer Stempel bezeugt, daß er, der harte Jo, wie Kommandant Verliac ihn nannte, ein einziges Mal den Mitgliedsbeitrag entrichtete und hinfort das Interesse verlor an diesen Nachhutgefechten, wo man beim Tafeln im Gasthaus den Krieg nachspielte. In Wirklichkeit hatte sein Desinteresse aber einen anderen Grund, es war eine Art Angewidertsein von der Haltung einiger Leute, die sich eine Widerstandsvergangenheit erfanden, und von der Reaktion, auch im politischen Wortsinn, der Mitbürger, die nach der Befreiung der von Kommandant Verliac angeführten Liste (auf der unser harter Jo nicht stand) einen Korb gaben, um die alte Garde wiederzuwählen, die öffentlich, mit einem offenen Brief, Marschall Pétain ihrer Unterstützung versichert hatte. Und wir, die wir so stolz sind, wenn wir lesen, *sein Verhalten und sein Mut verdienten stets höchstes Lob*, wir, die wir ihn jetzt so gerne erzählen lassen würden, statt jener Ersatzzeugen, die sich anbieten und dann vor allem von sich erzählen, wir teilen seine Enttäuschung. Denn jener Brief an seine Tante, der mit einer humorigen Note schließt *(Ich würde gern das Blatt vollschreiben, aber ich sehe fast nichts mehr, mir fallen die Augen zu, es ist auch schon halb zwei, und ich gehe jetzt schlafen),* enthält nach innigen Grüßen an seine Familie ein Postscriptum, auf das nichts im voraufgehenden Text schließen lassen würde, und das lautet: *Wie in jeder schönen Geschichte werden am Ende die Bösen bestraft,* der letzte Teil des Satzes dreifach unterstrichen. Und wir dürfen sicher sein, daß der junge Mann sehr genau wußte, was er meinte, und daß die Adressatin auch nicht lange zu raten hatte, wer mit den Bösen bezeichnet war. Urteile im Schnellverfahren waren gleichwohl nicht in seinem Sinne, denn durch sein Dazwischentreten ersparte er zwei jungen Frauen die Schmach des öffentlichen Geschorenwerdens und diesen modernen Pranger, der darin besteht, daß man die Beschuldigten durch die Straßen der Stadt zerrt und von der Menge beschimpfen und bespucken läßt. Womit er einfach seinem damaligen Gefühl Ausdruck verlieh, daß bestimmte Leute, anstatt daß andere zu leiden hatten, möglicherweise selbst hätten Rede und Antwort stehen müssen. Was diese aber nicht taten, natürlich nicht. Wozu also diese Mitgliedschaften, die dazu berechtigten, an wohlgedeckten Tischen den Krieg weiterzuführen, wozu diese Beitragszahlungen für die Erinnerung, als wollten sich einige davon freikaufen, daß sie, als es darauf ankam, nicht mit persönlichem Einsatz zu zahlen bereit waren. Das Leben ging wieder seinen gewohnten traurigen Gang, warum also in Bitterkeit und Ressentiments versauern. Er weiß Besseres zu tun. Eine neue Zeit beginnt, in diese bricht er auf am Arm seines geliebten kleinen Wolfs, und da geht es um Glück, um nichts als Glück.

V

Rodez Sonntag 11 Uhr
Mein geliebter kleiner Wolf,
ich habe noch keinen Brief von Dir. Die Zeit wird mir lang, morgen vielleicht. Gestern habe ich geschuftet wie ein Besessener für zehn Bilder. Morgen, glaub ich, arbeite ich besser. Ich habe immerhin 59 Bilder in dieser Woche geschafft, hoffentlich geht es so weiter. Ich will 1 600 000 F machen, das ist mein Ziel. Ich komme von der Messe in der Kathedrale. Auf dem Rückweg haben mich diese Karten gereizt, die gut die Landschaftsform zeigen, aber die Farben sind übertrieben. Die Gegend ist trist, kein Grün, und die Straßen fürchterlich. Das Wetter ist sehr schön, nicht kalt. Ich weiß nicht, wann genau ich nach Campbon fahre. Es wird ganz von der Arbeit abhängen, wenn ich merke, daß ich die Prämie schaffen kann, bleibe ich bis zum Monatsende und fahre im Februar. Hast Du Mabilais die Zinsen geschickt? Morgen müßte Renaud für das Auto zahlen, davon kannst Du das Geld abzweigen. Wenn Du B. 50 000 F schicken kannst, mach es. Wenn Du was brauchst für nächste Woche, sag's mir. Ich hoffe, Ihr seid alle wohlauf. Ich nehme Dich ganz fest in meine Arme. Joseph.

Die Vorderseite der Karte zeigt aus erhöhter Perspektive Entraygues-sur-Truyère, ein Städtchen im Aveyron, dessen hohe, schiefergedeckte Häuser sich in einem gleichschenkligen Dreieck zusammendrängen, gebildet aus dem Lot und einem seiner Zuflüsse, den an der Spitze des Dreiecks eine Brücke mit gotischen Spitzbögen überspannt. Unser Vater hatte recht mit seiner Kritik an den übertriebenen Farben. Dem Blau des Himmels und des sich durch die Hügel schlängelnden Flusses hat man ganz offensichtlich kräftig nachgeholfen, sogar die Wiesen sind tiefgrün, obwohl der Kartenhersteller, Les Editions Modernes à Limoges, behauptet, sein Mexichrome-Verfahren gewährleiste natürliche Farben. Unser Vater mußte wissen, warum er den Verlag der Übertreibung bezichtigte, er hatte ja das Original vor Augen, und da er nicht Tourismuswerbung zu machen hatte, kann man seiner wenig begeisterten Schilderung des Orts Glauben schenken, auch wenn ihm wahrscheinlich daran lag, von seinem Arbeitsort eine nicht allzu idyllische Vorstellung zu geben, da eine solche den Preis seines Fernseins von zu Hause vermindert hätte. Die Karte hatte er wohl einem Drehständer auf der Theke eines Bar-Tabac entnommen, als er seine Tagesration von zwei Päckchen Zigaretten kaufte, damals waren es noch Gauloises, auf die Gitanes stieg er erst später um, vielleicht gab es sie zu dieser Zeit noch nicht. Seltsam nur, daß er keine Ansicht von Rodez mit der imposanten Kathedrale aus rotem Sandstein kaufte, denn in ihr hatte er ja der Messe beigewohnt, aber vielleicht ist ihm ein anderer Kartenschreiber zuvorgekommen. Ein Datum fehlt, doch wir wissen durch die Bestätigung, die ihm sein Arbeitgeber vor der Abreise ausgestellt hat, daß er für den Verlag *Maison des Instituteurs* – bei den Bildern handelt es sich natürlich nicht um Kunstwerke, sondern um jene Schautafeln zu diversen Themen, die früher die Wände der Schulstuben schmückten – vom 1. Oktober 1955 bis zum 17. Februar 1958 als Vertreter wirkte, danach suchte er, der *sehr, sehr langen Touren* überdrüssig – daß er nach einer Jugend hinter dem Ladentisch des väterlichen Geschäfts und dem jahrelangen Verstecktsein im Untergrund erst einmal seine überschüssige Energie loswerden, herumkommen, andere Gegenden sehen wollte, ist auch verständlich –, eine weniger entfernte Firma mit weniger anstrengenden Touren, sprich Quimper und die Bretagne, und wenn man dieses Einschränken des Wirkungskreises als Schrumpfen sieht, dann wirkt es wie ein düsteres Vorzeichen, daß er in seinen Wohnort zurückkehren wollte, um hier, dreihundert Meter von zu Hause, die Leitung des Krankenhauses zu übernehmen.

Zu diesem Zeitpunkt sind es ungefähr zehn Jahre, daß unsere Eltern gemeinsam ihren Weg gehen, scheinbar so beschwingten und entschlossenen Schrittes, wie sie damals voller Lebenszuversicht in Saint-Laurent-sur-Sèvre daherspaziert kamen. Doch es sind zehn Jahre des Wettlaufs mit Darlehens-Terminen (da geistert wieder der Abt herum, und man ahnt, daß er sich – die Karte ist im Januar geschrieben – wie jedes Jahr anläßlich der Zeremonie der Neujahrswünsche dem Schuldner in Erinnerung bringt), zehn Jahre des Kummers (Tod des Erstgeborenen) und der harten Arbeit, zehn Jahre, die gleichwohl den umherreisenden Gatten, und darauf kommt es uns an, nicht davon abbringen können, seinen unvermindert geliebten kleinen Wolf ganz fest in seine Arme zu nehmen.

Am 21. Mai 56 finden wir ihn in Brüssel (Ansicht der Grand'Place in Schwarzweiß), und die Leitmotive sind dieselben: Geliebter kleiner Wolf als zärtliche Anrede, Hoffen auf guten Absatz in Belgien, *wenn es nicht funktioniert, komme ich heim, wie gesagt,* Klagen über das teure Leben *(ein kleines Bier kostet 80 F),* dazu einige allgemeine Eindrücke vom Wirkungskreis, der *nicht besonders spaßig ist hier, wie die reden, aber weiter unten scheint das Französisch besser zu sein,* und ein paar Worte, um seine Frau etwas aufzumuntern, die wohl allmählich keine Lust mehr hat, ständig mit drei kleinen Kindern allein zu sein – *Vielleicht hat Dir die Gesellschaft von Jean und Clairo den Trübsinn verscheucht?* Dann ist er in San Sebastian (eine Karte mit einer Schwarzweißaufnahme: Calle San Ignacio de Loyola y Catedral, in der Mitte der Straße zwei Citroën-Limousinen und ein

Handkarren), wo er den Schuhkauf noch nicht getätigt hat, der neben dem Verkauf von Bildern der Grund für seine Fahrt über die Grenze gewesen zu sein scheint *(wir feilschen, denn es ist wirklich ein Land von Bauerntölpeln)*, aber *wenn wir eines Tages nach Lourdes fahren, will ich einen Abstecher hierher machen, das Leben ist hier billiger*, und nachdem er seinen Kindern dicke Küsse aufgedrückt hat, schließt er, sich an seinen geliebten kleinen Wolf wendend: *Ich umarme Dich so fest, wie ich Dich liebe.*

Diesen Begleitsatz zu Lobeshymnen haben wir, stets gleichlautend, so manches Mal gehört: Der Mann hielt Wort. Der Beweis dafür ist, daß wir sie gemacht haben, diese Lourdes-Reise, zu fünft im Peugeot 203 Kombi, der hinten speziell für den Transport der Bilder eingerichtet war und in den unser Vater, für uns bestimmt, eine zusammenklappbare, mit rotem Plüsch bezogene Rückbank eingebaut hatte, auf der wir uns zu dritt drängten. Vielleicht kamen wir deshalb nicht über die Grenze, weil wir bei der Kontrolle lediglich unsere Ausweise für die dreißigprozentige Fahrpreisermäßigung bei der Bahn hätten vorzeigen können, jedenfalls scheint der Abstecher nach Spanien nicht zustande gekommen zu sein in jenem Sommer 57 oder 58, wo das Thermometer auf der Heimreise so hoch hinaufkletterte, daß wir auf unserer Rückbank heimlich das gesamte Weihwasser wegtranken, obwohl es durch den Kontakt mit den

Plastikflaschen aus einem der zahllosen Souvenirstände, wo auf jedem kleinen Dingelchen die Wundergrotte abgebildet ist, einen seltsamen Geschmack hatte, der gewiß nicht der Quelle, aus der es stammte, zuzuschreiben war. Dafür gab es die denkwürdige Fahrt über den Tourmalet-Paß in so dichtem Nebel, daß man das vordere Ende der Motorhaube nicht mehr sah und Mama, die sich in dieser Waschküche gefangen fühlte, auszurasten begann, worauf Papa ihr eine Ohrfeige verabreichte. Wie? Prügelte er? Keineswegs, wir können uns an ein einziges weiteres Mal erinnern, daß die väterliche Hand wie ein Blitz niederfuhr, doch die glückliche Nutznießerin wurde für ihre Tränen und ihre Vergebung mit einer Schallplatte entschädigt. Wir erinnern uns auch an den langen Anstieg zu Fuß zum Cirque de Gavarnie, auf dem uns betuchtere Leute auf Eselsrücken überholten, und an die Ankunft oben, wo uns eine Restaurant-Terrasse erwartete, mit Blick auf die Rolandsscharte, die vielleicht unserem Vater eines seiner Lieblingszitate entlockte, einen Ausspruch des Recken Roland, den dieser getan haben soll, als er vergeblich sein Wunderschwert Durandal an einem Felsen zu zerschmettern trachtete, damit es den Sarazenen nicht in die Hände fiele, und es statt dessen mit letzter Kraft weit wegschleuderte: *où mon épée tombera Rocamadour sera* – wo mein Schwert niederfällt, da soll Rocamadour sein. Rocamadour war dann ein Jahr später an der Reihe, woran man die

Konsequenz unseres Vaters erkennt, die auch für das Thermalbad La Bourboule gilt, dem eigentlichen Grund für eine Reise in den Limousin, eigentlich eine Wallfahrt an jenen Ort, an den er vor Jahren mehrfach seine Gemahlin und unsere kleine Asthmatikerin gebracht hatte. Ein andermal fuhren wir mit einer Bergbahn, doch auf welchen Gipfel? Den Pic du Midi? Jedenfalls gab Papa bei dieser Gelegenheit unsere zierliche Mama als seine älteste Tochter aus, um sie zum Kindertarif fahren zu lassen. Entweder wirkte sie mit fünfunddreißig wirklich sehr jung, oder er sah sie, was noch schöner wäre, subjektiv so. Das Geld ist, wie wir bemerkt haben, Anlaß zu ständiger Sorge, doch selbst wenn man es pumpen muß, kommen Camping und Mahlzeiten aus dem Picknickkorb nicht in Frage. Unser Vater, der für sich selbst solche Knauserei auf Reisen verabscheut, verkürzt lieber die Dauer des Aufenthalts, aber es sind eben fünf, die ein Hotelbett brauchen und mittags und abends ihre Füße unter den Restauranttisch strecken. Vielleicht hat der Darlehen gewährende Abt vorsorglich auf einer die Grotte von Lourdes zeigenden Postkarte freundliche Grüße von der ganzen Familie erhalten.

Doch für uns und all jene, die fürchteten, das Paar habe den harten Prüfungen und der ständigen Belastung ohne baldige Aussicht auf bessere Zeiten nicht standgehalten, die bangten, der Umstand, daß man sie in den von ihnen handelnden

Büchern nicht vereint erlebte, lasse auf eine Scheidung der Gefühle schließen, für uns ist das Wichtige, gelesen zu haben: *Ich umarme Dich so fest, wie ich Dich liebe.* Lesen wir es noch einmal, wir erfinden nichts, es steht wortwörtlich so da: *Ich umarme Dich so fest, wie ich Dich liebe.* Und sie, die Umschmeichelte, ist dieselbe, die schon zehn Jahre zuvor auf blauem Papier mit *geliebter kleiner Wolf* angeredet wurde und die dem Waisen, der dachte, es laste ein Fluch auf ihm, neue Lebenslust schenkte. Und als uns unsere älteste Schwester, die dieses Geheimnis lange Zeit für sich behalten hatte, erzählte, unsere Mama habe sie gebeten, vor dem Einschlafen ihre Hand zu halten, so wie es Nacht für Nacht, siebzehn Jahre und sechs Monate lang, es sei denn, er schlief in Hotels, der Verstorbene zu tun pflegte, hatten wir endgültig Gewißheit, denn eine Hand lange in der eigenen Hand halten, das geht nicht ohne Liebe. Da gibt es keinen Zweifel, die Tränen unserer Mutter, die so lange nicht trocknen wollten, dieses erstickte Weinen nach dem Tod ihres Mannes, und es dünkte sie, als werde dieses Weinen sie vor Jahresfrist selbst ersticken, diese unendliche Mattigkeit angesichts des fortan allein zu gehenden Weges, mit hängendem Arm, der zu leicht war, weil ihm das Gewicht des anderen fehlte, all das waren Äußerungen eines gewaltigen Liebesschmerzes. Wenn sie sich an die Schmalseite des Küchentisches setzte, die Kontenblätter ausbreitete und sich in die Buchhaltung vertiefte, die als letzte der täglich zu bewältigenden zwölf Arbeiten auf sie wartete, hörten wir sie zwischen zwei Schluchzern wie zu sich selbst sagen: *Siebzehn Jahre, das ist nicht viel, wirklich nicht*, als würde sie ständig nachrechnen, nach einem Additionsfehler suchen, der ihr eheliches Saldo so mager ausfallen ließ, und doch immer wieder zum gleichen Ergebnis gelangen, zu diesen siebzehn Jahren, in denen der gesamte Betrag der Freuden und Sorgen ihres Zusammenlebens unterzubringen war, und sich immer wieder fragen, mit was für unrechten Dingen es zugegangen sein mußte, daß sie an einem Tag nach Weihnachten auf einen Schlag um ihr bescheidenes Vermögen gebracht wurde.

Jetzt haben sie Zeit füreinander. Das damals Vorausgesagte ist eingetreten, jene Ankündigung auf einem unserer sonntäglichen Besuche beim Verstorbenen, dessen Granitplatte am rechten Seitenweg des Friedhofs lag, vom Eingang durch wenige längs der Einfriedung gelegene Gräber getrennt, als wir wie stets die in der Blumenschale blühenden Begonien begossen, eine vom Sturm umgeworfene Vase aufrichteten und dann mit gefalteten Händen in stillem Gebet verweilten, bis unsere Mutter durch ihr Kreuzeszeichen die Zeit der Sammlung beendete, wonach sie auf eine freigebliebene Fläche deutete, linker Hand des großen, aus der Granitmasse herausgehauenen liegenden Kreuzes, und uns ihren Wunsch kundtat, wir möchten hier, wenn es einmal soweit sei, ihren Namen, symmetrisch zu dem ihres Gatten, einmeißeln lassen. Was uns damals ein wenig verfrüht erschien. Doch dreiunddreißig Jahre später haben wir ihrem Wunsch entsprochen. Die Symmetrie ist übrigens unvollkommen, weil das *geborene Brégeau* unter ihrem Ehenamen eine zusätzliche Zeile erfordert, was im Vergleich zu der unserem Vater gewidmeten Inschrift auf der anderen schräg abfallenden Fläche der Granitplatte den Eindruck erweckt, ihr Leben sei länger gewesen. Ein Eindruck, der durch die weiße Marmortafel verstärkt wird, die am vorderen Ende der Grabplatte angebracht ist, genau mittig zwischen den beiden Eltern, und die durch ihre lapidare Inschrift *Pierre 1947* die Kürze des Erdendaseins dieses Meteoritenkindes andeutet. Wenn man jetzt vor dieser Platte steht, auf der kein Platz mehr bleibt für weitere Namen, so hat man den Eindruck, daß unsere Verstorbenen im engen Gehäuse des Grabes wieder eine Familie bilden, unter kargen Umständen zwar, aber doch so, daß sie uns nicht mehr brauchen, weshalb wir uns fast als Eindringlinge vorkommen, wenn wir sie jetzt besuchen, und uns manchmal fragen, ob wir sogar stören.

So viele Jahre lang hatte ich Zwiesprache gehalten mit dem, der das einzige Ziel meiner Friedhofsbesuche war, selbst wenn ich aus alter Gewohnheit nie versäumte, kurz bei Tante Marie vorbeizuschauen, die einige Gräber weiter auf der anderen

Seite des Weges lag, allerdings weniger, um die Erinnerung an sie lebendig zu halten, als vielmehr im Gedenken an ihn, dem sie, die sonst ihre Zuneigung nur so sparsam und auf so schroffe Weise bekundete, den größten Beweis ihrer Anhänglichkeit erbrachte, indem sie ihm innerhalb weniger Wochen nachfolgte, vor Kummer und, ja, auch weil es ihr Fassungsvermögen überstieg, wie da ihr Neffe an einem Tag nach Weihnachten brutal hinweggerafft wurde. Kein Heimatbesuch während dieser dreiunddreißig Jahre, ohne daß ich mich diskret aus dem Elternhaus entfernt hätte, um ihn aufzusuchen, ihm das Neueste zu berichten, ihn um Hilfe oder um Rat zu bitten, oder auch nur, um seine Gegenwart zu spüren, wenn mir schien, daß sein jähes Wegsterben mich um seine Kraft gebracht, mich in eine solche Hilflosigkeit gestürzt hatte, daß ich mich am liebsten auf die Grabplatte gesetzt und an seiner Seite unter dem Grau des Atlantikhimmels das Ende der Zeiten abgewartet hätte. Manchmal, im Winter, war es schon dunkel, wenn ich die massive kleine Holztür aufstieß, die sich linker Hand des sich nur für Leichenzüge öffnenden monumentalen Gittertors befindet. Ich betrat das Reich der Toten also durch die Tür der Zöllner und Sünder, und sie knarzte wie in einem Gruselfilm. Trotzdem hatte dieses nächtliche Szenario nichts Schauerliches an sich, denn im tiefsten Inneren spürte ich, daß mich Trost erwartete. Es genügte, daß ich vor das Grab hintrat, wobei oft ein feiner, kalter Regen den Lichtkegel der Laterne, die nebenan das am Friedhof vorbeiführende Sträßchen beleuchtete, mit einer goldenen Schraffur versah, daß ich mit übereinandergelegten Armen und gesenktem Kopf eine gesammelte Haltung einnahm und mich, meine Art, Tote zu grüßen, bekreuzigte, um mit der Gestalt des Mangels in einen Dialog ohne Worte einzutreten. Wenn es sich unbemerkt einrichten ließ, ging ich, mit gesenktem Blick, um auf dem Weg niemanden grüßen zu müssen, auch tagsüber zum Friedhof und unterhielt mich mit dem Verstorbenen, mal von Sturmböen gebeutelt, mal das Gesicht von aufsässigen Regengüssen gepeitscht, in der warmen Jahreszeit auch mal umweht von linder Frühlingsluft, und stets war ich erstaunt, was für ein Gefühl inneren Friedens von diesem Ort ausging. Nichts hätte mich abbringen können von diesen Besuchen, von diesen Zwiegesprächen, bei denen ich ihm über mein Tun und Treiben berichtete, mich von ihm durchdringen und ganz allmählich, im Lauf von Jahren, von seiner Liebe überzeugen ließ. Man möchte nicht glauben, wie real dieses Gefühl der Gegenwart sein kann, wider alle Vernunft würde man jemanden auslachen, der einen in diesem Augenblick belehren wollte, der Tod sei nichts weiter als das Häufchen Staub da unten im Grab. Was in einem solchen Moment über den Tod gesagt wird, läßt einen völlig unberührt. Zum Beweis, und um selbst den ärgsten

Spötter zu überzeugen, würde man sich anerbieten, dem Abwesenden den Kopf auf die unsichtbare Schulter zu legen. Und man hätte nur Mitleid übrig für die Schreier, die das als Frechheit empfänden, diese Stirn, die sich über die Leere beugt.

Doch jetzt, da sie wieder vereint waren, meine Eltern, da sie sich ganz allmählich im Alter anglichen, mit faltenlosen, strahlenden, nicht länger vom Leben und den Jahren gezeichneten Gesichtern, jetzt, da ihre zärtliche Zweisamkeit erneut einen Anfang zu nehmen schien, wie damals in den vierziger Jahren, im Sonnenschein des Kennenlernens, und zwischen ihnen dieses verewigte Neugeborene als noch ganz heißer Beweis ihre Liebe, jetzt war es, als hätte sich dieses dreiunddreißig Jahre währende Zwiegespräch auf einmal erschöpft, als hätte es seinen Zweck verloren, als hätte das Grab diesen Spalt, der das Gespräch zuließ, nur so lange offen gelassen, bis die andere kam, um sich dann hinter ihr zu schließen. Nun schien die Abschottung der Grabhöhle hermetisch, eine Verständigung unmöglich. Eine praktische Schwierigkeit kam hinzu: Wenn man es nie gelernt hat, weiß man nicht, wie man das anstellt, sich mit zwei Personen gleichzeitig zu unterhalten. Wie soll man sich dem einen anvertrauen, ohne daß der andere mithört? Soll der wie im Theater, wenn einer beiseite spricht, so tun, als bekäme er nichts mit? das glaubt ja keiner. Mir war, als würde ich doppelt sehen, und ich rieb mir verzweifelt die

Augen, um diese Störung wegzubekommen. Doch es war nichts zu machen. Sie waren und blieben da, die beiden, und ich hatte sogar das Gefühl, daß ihnen meine Anwesenheit regelrecht lästig wurde, seit sie ihre Gespräche zu zweit wieder aufgenommen hatten, die mich nichts angingen, wie jene Briefe auf graublauem Papier in der perlmuttverzierten Schatulle, die ich nicht mehr zu lesen wage. Sie brauchten mich ganz einfach nicht mehr, meine Verliebt-Verlobten vom heiligen Grab. Es blieb mir nichts anderes übrig, als mich auf Zehenspitzen zurückzuziehen, um ihre Wiedersehensfreude nicht zu trüben.

Kurze Zeit vorher hatte ich einige Briefe des jungen Frontsoldaten Jean Giono an seine Eltern gelesen, in denen er die Schrecken des Krieges völlig herunterspielt, wobei man weiß, daß aus seiner Kompanie nur zwei oder drei Mann überlebten, daß er beim Dauergemetzel von Verdun dabei war und an der grauenhaft verlustreichen Nivelle-Offensive beim Chemin des Dames teilgenommen hatte, doch er beschreibt sein Leben in vorderster Front, als bestünde es aus gesunden Spaziergängen, ohne freilich Einzelheiten zu nennen, so daß der Krieg in seiner Schilderung mehr oder weniger aus endloser Langeweile zu bestehen scheint, die er sich *in schattiger Kühle und erholsamer ländlicher Ruhe* damit vertreibt, *geliebte Bücher* zu lesen und *köstliche Pfeifen zu rauchen*, wobei ihn nur eines bekümmern könnte, nämlich daß sich seine *geliebten Alten* unnütze Sorgen um ihn machen. So oder ähnlich spricht er tatsächlich seine Eltern in allen seinen Briefen an: *Mein lieber alter Papa und mein Mamachen*, oder *Meine zwei alten Geliebten*, oder *Meine alten Geliebten*, und jedesmal liebevolle, zärtlichste Grußformeln. Wenn man auch nur eine ungefähre Vorstellung davon hat, was dieser Mann in den vier Kriegsjahren durchmachte, wenn man sich überlegt, welch gewaltiges Maß an Liebe dieser behutsame Bericht in sich birgt, daß er vom Erlittenen überhaupt nichts durchscheinen läßt, dann ist man erstaunt und verwirrt: Selbst mitten im Gewitter kann man das so einfach ausdrücken, was man an Zuneigung für seine Eltern empfindet. Dieser einzige Sohn, der so darauf bedacht war, seinen Erzeugern Kummer zu ersparen, konnte sich in aller Schlichtheit liebevoll um sie kümmern, als wären die Rollen vertauscht, als hätten ihn die Erlebnisse an der Front so reifen lassen, daß er von den Argonnen aus seine Eltern wie schutzbedürftige kleine Kinder behandeln kann.

Ich stand ratlos vor dieser völlig neuen Situation: Meine beiden Stützpfeiler vereint jenseits des Todes, und ich diesseits, an meinem angestammten Platz, ein vom dreiunddreißig Jahre langen Am-Grab-Stehen hier angewurzelter kleiner Baum, ich war betreten, aus der Fassung gebracht, ich hatte den Faden verloren und wußte nicht einmal mehr, ob ich beide gemeinsam ansprechen sollte oder erst den einen und dann den anderen wie bei einem Festessen, bei dem man sich bald an den Tischnachbar zur Linken, bald an den zur Rechten wendet, damit keiner eifersüchtig wird und man selbst gute Manieren beweist. Ich, der Meister der Zwiesprache mit den Toten, der Sherpa für Finsternisdurchschreitungen, stand also jetzt vor diesem Grab, das mir einst so vertraut war, daß ich es fast als meinen Zweitwohnsitz betrachtete, jedenfalls als meinen Ausgangs- und Orientierungspunkt, und versuchte ihnen etwas zu sagen, was ganz und gar stimmig gewesen wäre, ich rang um eine Haltung, um ein Wort, um eine Wendung, die meiner Dankbarkeit und Anhänglichkeit Ausdruck verliehen hätte. Dieser Sohn, der so viel von euch gesprochen hat, der euch, ohne euer Einverständnis, so oft zum Thema gemacht hat, der euch höher gehalten hat, als sein Arm reicht, er, der euch so gern andere Dinge gesagt hätte, Dinge, die sich in keinen Satz einfügen lassen, diesem Sohn verschlug es, zu allem Überfluß, die Stimme. Es gab noch hier und da verunglückte Besuche, bei einigen wäre es um ein Haar zum Zerwürfnis gekommen, zur tatsächlichen Ablehnung, als wollten die himmlischen Leiber diesen Menschenschößling abstoßen. Schließlich diesen Besuch: Als ich vor dem Grab stand und die beiden symmetrischen, sich durch schwarze Einfärbung vom Granitgrau abhebenden Namenszüge las, ging von dieser Steinplatte, von dieser durch zweifache Signatur dokumentierten Grabeszweisamkeit etwas aus, was in mir das Bild ihrer eleganten jugendlichen Gestalten aufsteigen ließ, sie hat den kräftigen Arm wieder gefunden und kann sich einhaken nach dem langen Weg allein, und beide marschieren munter los wie damals auf der Straße von Saint-Laurent-sur-Sèvre, dem Leben und dem Tod entgegenlachend, und sie kommen auf mich zu, obwohl sie nie bei mir ankommen werden, wie bei diesen Pantomime-Künstlern, die unermüdlich nicht vorhandene Leitern hinaufklettern, endlose Taue einholen oder einen Durchgang durch imaginäre Scheiben suchen, ich stand da, und sie bewegten sich auf mich zu, wie ein Brautpaar auf den Zelebranten, von dem sie eine Art Segen bekommen wollen, der aber eher so etwas wie eine Lossprechung ist, eine Erlaubnis zum Gehen, und dann geschah etwas, unbewußt, spontan, ohne jede vorherige Überlegung, was man zu anderen Zeiten, da es aus einem dem Willen nicht zugänglichen Bereich kam, als Wirken des Geistes verstanden hätte, jenes Geistes, der weht, wo er will, ich murmelte nämlich, das heißt, ich hörte mich murmeln: *Meine alten Geliebten,* und gleichzeitig staunte ich über dieses Gefühl der heiteren Selbstverständlichkeit, bar jeder Vorstellung und Hemmung, was mich davon überzeugte, daß ich wenigstens diesmal nicht weit daneben lag. Nicht weit neben der Wahrheit vielleicht.

Nach all diesen Jahren des Bemühens, auf alten Photos einen Blick von ihnen zu erhaschen, über

Postkarten aus alter Zeit Kontakt zu ihnen aufzunehmen, aus Briefen Neues über sie zu erfahren, in Berichten von nahen oder entfernten Bekannten ihre Spur zu identifizieren, anhand von offiziellen Dokumenten, falschen Papieren und wahren Briefwechseln ihre Jugend, ihr Leben zu rekonstruieren, nach all diesen Jahren des Nachforschens, in denen man die Ereignisse zurechtbog, bis sie auf die Gesuchten zutrafen, war jetzt vielleicht der Augenblick gekommen, sie allein in ihre ewigen Sommerferien zu entlassen. Man hätte sich das auch auf andere Art sagen können, zum Beispiel mit einer Postkarte aus dem Jenseits, deren Grußformel lauten würde *Ich umarme Euch so fest, wie ich Euch liebe*. Doch dazu gehört eine bestimmte Begabung, genau wie dazu, seine Eltern mit *Meine alten Geliebten* anzureden, und wenn diese Begabung fehlt, muß man sie durch eine andere ausgleichen, was mehrere Romane erforderte, aber nun haben wir es auch geschafft. Ich habe euch viel Zeit, Lebenszeit geraubt, nun dürft ihr wieder sein, wer ihr seid, meine illustren Angehörigen, ich lasse Euch in Frieden.

PIPER

Jean Rouaud
Der Porzellanladen

Roman. Aus dem Französischen von Josef Winiger.
201 Seiten. Serie Piper 3446

Jean Rouauds bislang persönlichstes Buch ist eine kritisch-zärtliche Hommage an seine Mutter. Jung verwitwet, trotzte sie dem Schicksal, indem sie ihren Laden zum Mittelpunkt des bretonischen Provinzstädtchens Campbon – und ihres Lebens machte.
Teller und Tassen, Schüsseln und Gläser, Geschenkpapierrollen und Haushaltskrimskrams: Bis unter die Decke sind die Regale in Annick Brégeaus Laden vollgestopft. Zu ihr kommen die Brautpaare aus der ganzen Region, um ihre Hochzeitslisten zusammenzustellen, ihr Geschäft ist der Mittelpunkt des Dorfes. Hier findet auch das Familienleben statt, das die junge Witwe mit drei Kindern dank ihrer heiteren Beharrlichkeit und selbstauferlegten Disziplin – vielleicht allzu perfekt – meistert. Ihr sensibler Sohn jedenfalls wird ein ganzes Leben brauchen, um hinter der emsigen, handfesten Art der Mutter die Zärtlichkeit zu finden, nach der er sich immer gesehnt hat.

PIPER

Jean Rouaud

Die Felder der Ehre

Roman. Aus dem Französischen von Carina von Enzenberg und Hartmut Zahn. 217 Seiten. Serie Piper 2016

Jean Rouaud erzählt in seinem mit dem Prix Goncourt ausgezeichneten Debütroman auf sehr persönliche Weise wichtige Stationen unseres Jahrhunderts nach, indem er sich an die Geschichte seiner eigenen Familie erinnert. Eine Saga also, die drei Generationen umspannt, ohne sich jedoch den Regeln der Chronologie zu unterwerfen. Anlaß zum Öffnen dieses Familienalbums geben drei Todesfälle, die sich alle im selben Winter ereignen.

»Es ist ein ganz eigener, in der heutigen Literatur unerhörter Ton aus Zärtlichkeit und Menschlichkeit, mit dem Jean Rouaud seine Figuren vor dem Vergessen schützt.«
Süddeutsche Zeitung

»Nicht nur der Regen ist das philosophische Element dieses wunderbar zärtlichen Romans über ein grausames Jahrhundert. Mehr noch ist es der giftgrüne Nebel, der die Anfänge unserer Moderne bedeckt.«
Die Zeit

Madeleine Bourdhouxe

Vacances
Die letzten großen Ferien

Roman. Aus dem Französischen von Monika Schlitzer. Mit einem Nachwort von Faith Evans. 160 Seiten. Geb.

Die Morgensonne schickt einen breiten Strahl in Thérèses Schlafzimmer – er gleitet über ihr Bett, bis zu ihrem Gesicht, zu ihren halb geschlossenen Augen. Wie herrlich, einfach so ausgestreckt liegen zu bleiben.
Eigentlich hatten Thérèse und ihre Herzensfreundin Françoise vor, nach Paris zu gehen und dort berühmte Literaturkritikerinnen oder Schauspielerinnen oder Geigenvirtuosinnen zu werden. Wie ihre Freunde aus dem Café »Diable au corps«, der blasse, tragische Daniel, der begabte, etwas arrogante Jean oder der verträumte Luc stellten sich die beiden Mädchen irgend etwas Außergewöhnliches für ihre Zukunft vor. Dann aber wird Françoise schwanger, und plötzlich müssen Entscheidungen gefällt werden, die mit einem Bohemeleben nicht zu vereinbaren sind.
Dieser fragmentarisch gebliebene Roman der großen belgischen Autorin, eine der wichtigsten Entdeckungen der letzten Jahre, ergänzt ihre Werkausgabe im Piper Verlag.